МЕСЕЧЕВА УЛИЦА

МЕСЕЧЕВА УЛИЦА

(роман у фрагментима)

Владимир Радовановић

Globland Books

Вратио сам се! Из себе сам избацио терет, осећао сам олакшање. Ово је та улица, бар мислим да јесте. Желео сам да избацим бујицу речи из себе, да полете, да се заледе у ваздуху и остану.

Заћутао сам, окретао сам се у полумраку промрзле вечери која се разливала. Посматрао сам околне зграде, улице које су се уливале у њу. Желео сам да још једном потврдим изречено, помишљено, жељено.

Сумња, мој вечни пратилац, као да је покушавала да ме учини несигурним, да ме поколеба и одврати од изреченог. Да то, можда није та улица, али јесте, она је, одбацујем сваку несигурност и зрно сумње и кажем да јесте.

Сећања су мој следећи верни пратилац, некада сам у несталим данима, пролазио, ходао, скривао се, познавао сваки пролаз, нарушени несклад изгледа. Познавао сам облике, препознавао мирисе, знао тачан број пређених корака. И отишао сам. Заувек сам отишао, заувек се вратио, у парадоксалном кретању кроз непостојање постојећег.

Можда никада нисам отишао, можда сам само у погибељној горућој жељи затворио врата, зазидао поглед? Памћење ми је прилично добро, али покушавам да се присетим хода уназад, када се... Не могу се сетити, ко зна да ли се то догодило у тренутку пре буђења сећања или...

Ћутим и покушавам да сањам. Да сањам тренутак када укопан, желим да он траје још дуже, да се никада не заврши. Повратак, заувек повратак, мисао која ме никада није напуштала, моја горућа жеља, сан о тренутку или...

Покидана сећања, изгореле радости, предуге болне туге, очи затворене и путовања у сваком, и најкраћем бекству. Предуго бекство које се није завршило.

Удисао сам брзо мирис хладне јесени, као дављеник жељан живота. Осећао сам се жив, поново рођен. Тачка, центар света, тај смрзнути комад земље.

Све има почетак и крај. Две тачке и... Оно између, препуно свега, празних дана, туге, блеска који измами осмех, људи у покрету поред, људи који нестају, оставе тугу и сећања, оно између што нико није назвао именом, или је свако рекао име које би испарило на врелини сунца, нестало у сливању капи.

То између, једном почиње, у једном предуго скупљаном тренутку када постаје живо, стварно, невидљиво, али гони.

Мноштво пута сам препешачио улицу. Од степеника бедема скривености до улаза и назад и поново. И тако више пута и тако ко зна колико пута, да се није догодио други тренутак између. Окренуо сам се, погледао сам у правцу и изручио сам бес, изрекао сам сурово обећање да је то последњи пут и никада више.

Видео сам сенку, нестајала је у мраку ледене ноћи, иза ње нису остајали трагови као знак постојања, чинило се заувек.

...поглед у звезде које су плесале над водом која је нестајала... узнемирен размишљам о чудном плесу, насртљиве мисли, изнова скакућу у капима, у нестајању... распадање, прасак, једина стварна мисао, узнемирује, плаши.

Све брже, понављају се насртљиве мисли, покоравају ум, осећам распад и експлозију... Прекид, сањам, чини се да састављам себе у необличју и да сам стваран, стварнији него икад... Мој нови облик, вечан или...

Не подижем поглед, плашим се и прижељкујем истовремено. Страх ме од судара вечног и себе непостојећег. Ломим прсте у нервозној беспомоћности и страсно жудим.

Једна мисао ми не да мира, распада ми се поглед, видим их, звезде нису високо изнад, оне су закопане, испод мог погледа, прекривене земљом...

У првој години, после четрнаесте преступне године ходања лево и десно, у правцу изласка сунца и његовог сна, ходао сам изнова бесцињно. Избегавао сам да препознајем обрисано-познато, трагао сам за узбудљивим. Жудео сам за страственим, новим, али ништа нисам проналазио.

Узалуд из дана у дан, оправдавао сам бесмислени низ поступака, тражио све могуће доказе немогуће жеље. Сати су избројани, знао сам то, али нисам прихватао. Знао сам да иза сваког сна сунца које се гасило изнад кровова, остаје још шака пустињског песка који се расипа, који цури и који ветар разноси.

У сасвим обичном умирању дана, безличном пресликаном тренутку, живи, сјајна и моћна, запањујућа идеја, скоро невероватна, рођена у најсмелијим надањима, када се нисам надао.

Сахранити себе! Моћно! Одржати посмртно слово себи живом, без патетичних опроштаја који исцеде највеће гађење. Без „узвишеног" слинављења помешаног изнуђеним капима које се сливају. Догодио се тренутак, развукао сам осмех, осећао сам се победнички, после овако моћне замисли.

Кренуо сам у сусрет, то је тренутак који никако не смем пропустити, сада или никада. Храбрио сам себе, у убрзаним корацима. Са лакоћом претрчавао сам улице, мисли су ми бујале, рађале се нове, непознате. Низале су се слике, појачан жељом, целокупни доживљај покретања мисли, растао је.

Сат је тихо плесао, буђење. Започињало је ново јутро, кишно и мутно. Тамно за јутро, депресивно за дан у најави. Споро и невољно сам се будио. Безизражајног лица које сам осећао у мислима, покушавао сам да се присетим сна. Чинило се предуго је трајао, из таквог настаје...

Шетао сам, не знам зашто и куда сам кренуо у дану гашења мирисног доба, препуног кише. Не знам ни сада да објасним, зашто су ме несигурни ослонци бекства тако сигурно водили, куда нисам желео.

Несигуран, конфузан, полазио сам и враћао се. Неколико корака напред, застао бих, окренуо бих се, вратио и... Сумња, колебање, нежеља, шта све, али довукао сам се до раскршћа улица.

Крај почетка. Почетак краја. Крај који је изгорео пре свега, на почетку. Нисам знао, нисам ни желео да знам, све то, будуће. Мучим себе изнова, нећу, али опет мислим, враћам се.

Требало је... глуп почетак за изрицање оправдања, касно је да сада кажем да требало је, да у дану гашења... окренем се и... Можда сам само могао, да се вратим у тренутак који се није догодио, до илузије...

Белина је исијавала поруку. Неподношљива белина између начичканих слова, реченица, реклама. Пронашла ме је, обрисала је погледом наслагану прљавштину на прозорима, иза које, и дубље у непостојању, сам се скривао. Живео у скривености.

Дозволила је да је пронађем оног тренутка када је гордост достигла врх, када је пожелела. Она је мене пронашла иако сам ја лутао, трагао, губио се, враћао се. Она је мене пронашла у повратку са погрешног смера трагања. Била је потребна нова игра, нови плес, ново поиграванье. Она зна, почетак, завршетак, и све између.

Гротеска, у потрази за изгубљеним, ја сам се скривао, она је била увек ту. Неразумљиво. Ниједан знак нисам препознао, али ниједан. Све време на погрешном трагу, на странпутици. Заслепљен мржњом и страшћу, обе у оба ока, с времена на време замене места. Створе привид и конфузију.

Имам избор. Не прихватити прљави плес. Скриваћу се, бићу невидљивији, себе ћу убедити да не постојим.

Корачао сам скривен. Из скривености отрчао сам у скривање, нисам се могао одупрети. Био сам разоткривен, постојао сам иако сам чинио све да не буде тако. У плесу који није ни трајао, у рађању изнова које се није догодило, нисам био и био сам. Постојим, не могу се скрити, глас који ми то понавља, као нож се зарива у мене.

Видео сам искривљени осмех. Победнички израз у лавиринтима између плеса облака. Не подижем даље поглед, довољно је што сам знам да сам без воље и није ми потребна видљива потврда пораза.

Замаглио сам поглед, натопио сам га капима, превукао сам облак и главу увукао у његову пару...

Сувише је да...

Ослобођен од себе, скинутих окова, путовао сам. Безбројна лутања скупио сам и сачувао у поцепаној бележници, први несигурном руком забележени запис... Не препознајем речи.

Потамнела страница, стара је, памтила је верујем караване у пешчаним олујама, песме раздрагане деце, урлике руље... Наталожена страница ненаписане историје, зрна сведочанства бескрајног пута. Сећао сам се, нешто сам запамтио... Разбојник грубог лица, у једном тренутку бесконачности се искупио.

Сећао сам се опсада камених зидина, узалудних и одбијених јуриша. Ходочашћа, ратова, благостања, куге, свега сам се сећао. Рађао сам се и сада више никада нећу умрети.

Био сам тужан и несрећан, низале су се слике мојих зала, пљачки и отимачина. Плакао сам и кајао сам се... Неке странице су светлеле, исијавале су светлост, топлину, бране ме и не дају ме.

То нисам ја. Или, био сам у мору пресликаних, сличних људи, осликаних дана, у поновљеном, могућем путовању?

Пријатан мирис воде која се креће, посебан мирис тишине, будио ме. Треба да кренем, заборављено путовање, које недостаје када се назиру авети. Враћам се, ништа, ни призори нежељеног не нарушавају осећај блаженства, носим пређашње у срцу, мирису, мислима јасним и бистрим.

Ноћ ми прија, ништа не препознајем, а сећам се.

Дани иза, били су нестварни. Живео сам живот који ни у сновима нисам сањао. Нисам постојао ни у јединожа остатку свега што је било, све су ти дани избрисали.

Нисам се плашио дана које сам живео, чак помислио сам, заслужено је, све сам у стрпљењу и ишчекивању најзад дочекао. Нисам био уплашен и нисам у мерењу немерљивог заустављао тренутке, чувајући их за можда или никада. Трчао сам им у сусрет, пожурујући буђења, не спавајући.

Тражила је најобичније, само једно, али немогуће. Да сруши врата дотрајале затворености, да ушета, осмотри, додирне скривеност. Да упије мирисе. Бежао сам од једноставне жеље, избегавао сам разговор који бих дотакао. Плашио сам се само тог тренутка.

Најзад закорачила је у моју скривеност, сигурно је ходала будећи успаване тренутке, знала је добро, да то није само обична посета, отварање врата, то је ход низ мрачан, прљави тунел...

Најзад отворен, под притиском речи, погледа, упорности до неподношљивог, кључеве скривености добровољно сам предао и скривеност оголио до границе нарушавања поретка илузије.

„Викторе, ти си зазидан. Ти си затрпан у... Својом вољом, некаквим избором, одлуком? Реци ми, ко си ти?"

Ћутао сам. Било какав изговорен разлог био би трагикомичан. Сам тренутак ћутања већ је довољно трагикомичан и желео бих да се не догађа, али...

„Овај тренутак, призор, говори ми више од свих дана, разговора, речи. Свега преживљеног. Шта скриваш, шта то не желиш да те наруши у мом погледу?”

Одшетао сам до прозора, скривао поглед.

„Не прави се невешт, не прави се да не чујеш. Не бежи сада. Викторе, добар је овај тренутак, морао се догодити. Био је животно потребан.”

Врели дани, лутања, пуни ишчекивања и испуњеног немира. Измаштани дани, доведен у ред хаос који је остао иза. Заувек затворен, чинило се.

Разливене речи, испуњавале су бесмисао изгорелог хоризонта у ноћи. Сумње? Пристизале су, више их нисам могао зауставити, надируће сумње, утихнуле речи, недостајање свеприсутности.

У ноћи, препуној илузија, рађао се плод сумње, растао је, до пуцања. У буђењу, под тешким погледом, назирало се искежено лице, скривено иза привида. Подсмех. Увек бих наслутио, посматрао сам у бунилу, неверици. Подсмех, говорио је више од речи, горео је као ватра која гута све пред собом. Започињала је игра предугог трајања ничега.

Будуће време, слутио сам... Киша, пљусак који ме је оставио сасвим самог, покривеног похабаним комадима покривача. Сам, стварно сам, потпуно сам, осећао сам се бесно, горео сам и само је киша, коју ми је ветар бацао у лице, стварала привид.

Кроз покретне слике, тела у покрету, заносу, страсти, животу... Покушавао сам да дотакнем тачку наде. Речи, пригушене у звуку губиле су сс. Желео сам илузију испреплетеног ужета, које ме подиже ка небу или...

Лик рађања, дете које постоји, које ће постојати, дете које шири руке. Прасак, нестаје једина слика радосне илузије. Све нестаје, обузима ме туга, помисао да демонском преваром, она ми откида све...

Не, то није обмана, знам да није, чим ми се појављује, то је стварност, отргнута од мене. Нестаје глас, лик бледи, непостојање жеље. Мисли сам подигао кроз кишу, ка небу, тражим тачку, звезду која је изнад ње. У лудилу мислим, да некаквом слабом жељом могу да зауставим.

Неки дани су лоша замена, препуна тешког ћутања, бекстава. Заустављао бих болни израз лица, које је покретало глас. Заустављао сам сваки, ретки покушај да знам. Ћутање је било мучно, а ја сам бежао од свега, у кукавичлуку да не изгубим нешто што није ми ни припадало.

Мучне године, кроз које сам пролазио, сећао бих се свих неуспелих покушаја, да само гласно изговорим питање. Мучи ме помисао на сопствену нискост, јад. Сада све ређе, али и то траје.

„Поглед са врха... увек је посебан.” Шапутала је посматрајући панораму града у пламену. Ту испод њеног погледа, на ободу града, као на филмској траци горео је град.

Урлике, пуцње, метеж и вику на тренутак би пред њеним погледом, заменио његов угашени лик. Ослушкивала је тај заборављени глас који изговара неразумљиве речи, он и нестајање.

Слике су нестале, мирис паљевине увлачио се у њене проширене ноздрве. Неке ситне капи сливале су се, призори немогућег тренутка заживели су и угасили се претварајући се у баналност.

„Само сам желела да у „миру”, далеко од свих, далеко од авети, нестанем. Сасвим мирно, лагано, да мој поглед запамти све потребно. Час бекства, од лажних људи, ни тај час не може бити у миру. Свиње са обе стране, између илузија, изневерености. Јуриши и опсаде, мирис крви, освете и нове лажне, немогуће наде. И он, проклет био, прати ме на сваком кораку, не да ми предах у бекству. Не да ми да последњи тренутак не видим нежељено.”

Мирно је спуштала руку. Уже. Чврсто исплетено уже вијугало се кроз траву, траг. У непостојању...

У тим данима између постојања ничега и ничега, у тескобном живљењу, у том опскурном и тешком времену које није пролазило... Тражио сам смисао. Смисао бесмисленог надања, непрестаног ишчекивања, не знам да ли сам тада био ту, да ли сам постојао? Или сам све порушио у нестајању, у одласку.

Човек. Ја човек, постојим, ходам кроз мрак, кроз време, кроз магле, градове, пролазим кроз непознате градове, бежим од људи. Скривам несигурност, скривам закључану мисао, оптерећујући жељу, једну, две, више њих. У путовању мисли, избачен сам кроз облаке, пропадам са висине до...

Тај тренутак, лоше изабран тренутак. Прави тренутак, сада или никада. Ходам кроз влажну ноћ, кроз опустели, проређени парк, прескачем разбацане предмете, скривам се кроз ход по непознатим улицама.

Мисао ми каже, на корак од почетка циља, нећкам се, скоро да помислим да одустанем. Црви, измилели црви сумње, нагризају ме, заустављају покрете. Одлучујем ући ћу, после толико времена, после толико путовања са бескрајне тачке удаљености немам право да одустанем.

Изненађујуће сигурних корака крећем се по минском пољу мисли. Не обазирем се, не посматрам ни лево, ни десно, не окрећем се уназад тражећи оправдање.

Цигарета између прстију, тек запаљена, мера је раздаљине. Корак по корак, прешао сам скоро пола, све мање сам узнемирен иако ту, на корак... Ту је препрека, ту је поглед који се мора избрисати. Заувек.

Тачка завршетка, једном, заувек, сваки следећи пут, ако се догоди. Не осећам убрзани рад срца, кроз време, довољно далеко, научио сам да будем камен, хладан, да не покленем пред привидом.

Зачудо осмех, помешан са сетом, избачени комад плоче, све је исто, као и избрисано време, све је остало онако како сам оставио у последњем забораву. Чекао ме, тај залеђени тренутак, није се истопио под врелином, сачекао је мој покрет, поглед. Тренутак и камени комад памћења.

Све је исто, скоро исто... На корак сам од првог од три степеника. Цигарета је изгорела, други степеник, трећи, скрећем лево. Осећам олакшање, победио сам себе, најтежег противника, бар једном.

Давиле су ме вреле ноћи. Лепљив ваздух није ми дозвољавао сан, ни тренутак бекства. Вреле капи, пловиле су са разних страна и сливале се, топиле на кожи, провлачиле се до сваке скривене тачке.

Нисам могао ни уз највећи напор покренути ослонце бекства. Несигурно и бедно сам се осећао. Оловни капци стезали су свом силином, не дајући једва видљивој светлости да заискри.

Постојао је свет, угашен, нежив свет, будност у хибернацији и само сам ослушкивао, једва чујно, плитко дисање. Помиреност са стањем беспомоћности, предаја, угашена жеља за постојањем. Згажена глава, врхунац немоћи, ја у непостојању.

С времена на време, залутала отргнута кап кише, склизила би кроз отворене рупице раздвојеног света, уносила мирис живота, као порука у нестајању. Поруке без слова, циља, без имена некога ко ју је отпустио да плови.

Муње су повремено запарале небом, блесак и угашени плес ватре неба, са невидљивог краја, будио би ме. Помисао да је то игра стреле и ватре. Неко ме буди из сна.

Непознати посетилац, муња, неко, има облик, стваран је или стварна? Враћа се поново, по ко зна који пут. Из ноћи у ноћ све је бучније, светлост пара небом, као мрежа заклања ме, продире у собу, додирује ме, буди.

Још једна непотребна илузија, говорим себи. Можда бунцам, знам и сетићу се да нисам у свесном стању. Иначе, запамтио бих сваку реч, сваку своју ретко изговорену реч.

Неко се поиграва, следећа ми је помисао, стежем очи, да се не сусретнем са непознатим.

Није ми потребно ово, довољна је понижавајућа беспомоћност. Не желим још једну илузију, превише их је.

Чујем глас, или ми се причињава глас у одбијајућој жељи да га желим. Кроз ухо ми одјекују јасне и неразумљиве речи. Побегао бих, снажно бих свој поглед стегао, подигао бих зид да ниједан звук не може продрети. На штакама сам, дао бих се у бекство само да...

Препуност (не)стварних илузија, испуњавала је простор. Чинило се да време постоји.

У селу, недалеко од... пронађено је беживотно тело мушкарца старог око... Нема трагова насилне смрти, која се догодила...

Кроз насилно покидане мисли, сећао сам се. Био је врео дан, заливен кишом. Субота је била. Памтим да сам се осећао смрзнуто под врелином, баш као и сада док се пробијам кроз вејавицу, вукући оловне кораке по залеђеној улици.

Вест. И то је вест, без осећања, пуки низ исписаних података. Кроз замагљене погледе, враћао ми се тренутак, покушавао сам да се присетим још неког, значајног детаља.

Пријала ми је хладноћа, будила ми је мисли, променила ми је ток ишчекивања, заледила ми је непостојаност постојања. Пролазио сам кроз и између гомиле празнине, случајних покрета, назирућих лица. Кривудао сам, пазећи на правац, пролазио кроз, поред и тако у круг.

Ледени удаси белине нису ми гасили врели бес сећања. Угашена, заборављена вест остављена у кишном дану, плесала је. И данас, после толико времена, угашеног времена, она плеше и узнемирава ме. Пробудила се, путовала кроз време и ту је.

Осећао сам кривицу, велику кривицу зато што нисам знао. Каква глупа смрт, мисао која ми никако није давала мира. Љут сам на себе, љут што нисам знао, морао сам да знам.

Ходам између, поред, около облика, покушавам да вратим време на тренутак пре него што се десио догађај. Горчина ми је у укусу, бес у погледу...

Тај тренутак. Тај скуп гомиле преживљених тренутака, уобличених у... Узимам успомене, скупљам их, све заборављене, небитне, стављам их испред себе, поређао сам их као кулу од карата.

Фотографије, ређе пожутеле белешке. Фотографије, пожутеле, изгребане, пресечене по линијама изостављања, залепљене изнова да чине целину, последњи чин сломљености.

Поређао сам их, посматрам, смишљам поредак. Неке склањам испред упирућег погледа, одлажем их. Нервозно променим распоред, најважније стављам у навирући поглед, мање важне на страну. И те које сам оставио по страни, имају важност, поредак мора бити правилан, правичан, по осећању. Неке су лево, неке десно, мање важне у подножју погледа.

Остављени поредак мења ти расположење, постајеш сетан, радост коју уграбиш у случајном погледу измами осмех. Одједном тужан си, осећаш горчину, бес, све би побацао. Неподношљиво ти је њихово постојање.

Одлазим, тражим разлог да нисам ту. Не желим да посматрам поређани поредак испод закуцаних ексера. Лоше изабрани предмет који сам оставио, осликани неживи животи.

Сећање, колико њих не постоји? Угасили су се, избрисао сам их, пролазим поред и не примећујем их. Понављам годинама трагања и на крају, не желим да пронађем.

Видиш их, крећу се у погледу испред тебе, док бежим. Не желим их више, никада. Руком и покретима у повратку, разарам ред и постојање.

Последњи чин, последњи знак постојања. Илузија, док из тамних одаја сећања износим их. Личим на човека у последњим корацима које...

Прегршт неживих опсена које желим да претворим у стварност. У непостојању, у бледилу, нестајању, тражим...

Расхлађен зимском вечери, смирених страсти, сасвим мирно скидам портрете. Невешти поредак и лоше изабране експонате враћам, у пређашњи низ непостојања. Стварнији је од поретка давне успаваности.

Чекао сам је. Нисам био нестрпљив и нисам нервозно ходао, од тачке до тачке призивајући је да дође. Био сам миран, не може се рећи незаинтересован, али угаслих страсти, да баш тако сам изгледао. То чекање, личило је на ишчекивање да време исцури и започне филмска пројекција или нешто слично.

Наслоњен на клупу, мирисао сам летње вече и одлуталих мисли, путовао некуда, далеко. Обузимала ме је пријатност, да није она, можда ни таква мисао не би ми долазила на ум. Враћао се тренутак, онај упечатљив, први или најважнији, вече, страст, пожуда, скоро дивља игра која се усијала и гле, брзо, скоро сасвим брзо се угасила у данима који су долазили. Такав тренутак догоди се једном, можда и други пут, али најчешће никада више.

Ћутање са блиске удаљености, додиривало је моје ћутање и одсутност. Трајало је, непријатно ћутање испуњено нежељом да се прикаже у исконском.

„Сећаш се... није важно...", тек тако започела је причу.

„Сећам се чега? Или...", незаинтересовано сам узвратио. Слутио сам могући почетак још једне празне приче. Први пут, желео сам да се празан, формалан, изнуђен сусрет што пре заврши. После изреченог питања, наставио сам са ћутањем, желео сам да прекратим ово време, да устанем, одшетам.

„Није битно. Већ дуго је много тога небитно."

„Добро. Сасвим довољно изговорених речи. Форма привида је задовољена, завршио се још један…”

Ходали смо једно поред другог, ћутећи наравно, ћутање је било право или друго име за нашу бесмисленост, нашу лаж, претворност. Можда је желела да заусти неку нову празну реченицу, али поштедела ме даљег бесмисла.

Бес сам контролисао, бес који из себи знаних разлога нисам желео да прекинем. Контролисао сам се, нисам изговарао ниједну нову реч која би ме ставила у улогу кривца. Реч која би ме оптужила за крах промашености, прекид илузија.

Ретки облаци клизили су небом, назирало се… Крај илузија, почетак…

Ретке тренутке мира, налазио сам на најчуднијем месту. У подруму окованом решеткама, скривеном скоро под земљу. Дружио сам се са сопственим сенкама. Осећао сам се сигурно, скривено. Исписивао сам дневник врелине и празних сећања.

Слушао сам гласове, који су ми шапутали, да олујни ветар који све брије, мора стићи. Можда је то моја последња трка коју трчим, зато чувам снагу, бележим. Али ту су и изгубљена снага, сломљена сећања, потамнеле слике, авети, ту је и бледило скривеног лица, пустињска испијеност.

Уживао сам у простору од кога би здрав разум бежао. Мисли у тамници, биле су бистрије, руке сигурније и спретније. Све сам бележио, сву силину беса која је извиривала. Нисам сумњао да су то опсене, умире надолазећа слаба снага, то је одговор. Нећу се предати, крај није.

Лажне вести, које нису допирале. Нису ме могле поколебати, веровао сам да из мноштва погнутих погледа у ходу пораза, у непрегледном низу незаустављивости краја… мора доћи, блеснути, једна, макар последња слаба светлост.

Дивља снага рођена је из сломљене воље. Све чега се нисам желео сећати, истргнуто је из памћења, све мрље у мутном погледу обрисане су. Неми крици утихнули су.

Спреман и самоуверен, бележио сам. Још крик недостаје да охрабрим лудило које је посустало под сумњама. Језа није страх, то је непријатна хладноћа снова на подовима.

Утваре су лебделе, чекале су последњи тренутак спремности. Пажљиво сам ослушкивао.

„Никада ниси сачувао...”, будио ме глас.

Правио сам се да га не чујем. А он је чекао и стигао је.

„Увек ти однесем. Све. Испред твоје руке, као косач односио сам жеље. Знаш ти добро, памтиш ти све. Чекао си ме, знао си да ћу се вратити...”

Ћутао сам, на последњем степенику, посматрао сам буђење сунца иза решетака. Јутро се будило, не, није било пријатно вече иако је све подсећало на...

Неко је оклеветао... Познато звучи реченица, стотину пута поновљена, у разним приликама, према разним људима.

Последње капи су прелиле чашу, једва видљива зрна пешчаног сата скоро да су исцурила. Са високе стене, одломили су се последњи комади и докотрљали су се.

Добро наспаван, после небројених будних ноћи, путовао сам кроз свет, широк и простран, смештен у сопственом погледу. Укрштени сусрети ослобођених мисли и суженог погледа скоро су се додиривали. У следећем тренутку удаљавали су се на раздаљину бесконачности и тако плесали у најсветлијем буђењу таме.

Пажљиво сам посматрао гомилу разбацаних папира, хаотичну, наслагану гомилу свега и свачега. Прстима леве руке придржавајући папирну кулу, насумице, без правила, извлачио бих папир. Погледао бих га и вратио назад, у низ, на сасвим друго место.

Погледао бих, кратко, тек да потврдим израз сопственог лица, кисео осмех, ћутање, скамењену збуњеност или било који други привид стварности. Чинило се да време преспоро протиче, као да ноћ и тама успоравају све до заустављања. Успорено време, било је невидљиви савезник. Заустављало је бујицу капи, херметички затварало живи песак у коме се давио крај.

Нешто и неко, нарушавало је тишину, чули су се крици. Звуци котрљајућих одломљених стена, низали су се у покрету неправилних облика, чинећи правилан звук покрета. Приближавали су се.

Неко је оклеветао... Позната реченица, путовала је кроз поновљено, сасвим ново време по ко зна који пут. А све је било први пут који се никада неће поновити.

Она постоји у непостојању. Желела би да није то што јесте, да није ту где јесте, желела би још много тога. Освајала би многа, непозната места, упијала би погледе незнанаца... Пловила би корацима кроз ваздух, тамо, негде где није.

Скрушеност, илузија и неподношљива жеља стапале су се у врелини. Свака помисао, поглед, сањиво и чежњиво маштање, као везани ланци, вукли су у нежељено. Дане и вечери, понекад и јутра, проводила је скоро непомична, очајнија сваким новим долазећим тренутком и бледим сивилом прозирности. У њеним мислима које су непостојеће, све се покретало у хаотичном поретку, брже и брже, сваки нови корак, био је ближи провалији.

Још једно бесмислено бекство, понављање покрета, мисли... Као да се у потпуној немоћи питала до када? Клизала је, по мокром лишћу, по прозирној тами, у погледу, покрету...

„Постојим?! Крећем се и постојим, то је глупо објашњење да живим. Ја не постојим", клизиле су јој речи које је себи говорила.

„Ја не постојим, то су нагрижени облици, који се понављају, бледе, рђају, и не само облици, већ и покушаји мисли. Окована сам, не могу пробудити се, не могу побећи!"

Чинило се, нови дан, посебан за њу? У мирису јутра, ветра и сунца, слутила је мирис живота, наде... Чинило се да долази облик, осећа његов мирис, назире осмех. Шаком је прешла преко лица, покупила на длану остављени отисак.

„Мој осмех? Од када ми поглед није сусрео мирис наде?”

Осмех заигра изнова, још неколико пута. Вече се спуштало, дан је прогутан у плесу. Мрак је освајао простор, прекривао је следећу сенку, мирис тишине је одисао, тело је складно, у миру дисало...

„Чини се...”, тихо започе, плашећи се да радост тренутка не испари, „није пресликан дан. Осећам нешто...”

Осмехну се сопственом лику у капима воде, посла му најлепши пољубац са усана. Поче плесати, окретати се...

Мирис облака, носио је јутро истока, буђење сна, сенка седи, не помера се, ко зна колико дуго седи, сања... Не види јој се лице, кроз затворени поглед невиђења, продире поглед траг.

Буди се дан, румено јутарње сунце плеше. У одсјају таласа који се подижу, падају, сваки нови оставља забележен покрет, осмех, угао наде са лица, буди се, плеше по мокром песку и диви се одсјају у сваком разбијеном таласу. Скупља мирисе, слике, капи... Облик, поново је ту, сада са друге стране. Понављају складно покрете који клизе, додирују се скривено.

Пожелео сам да скупим и средим мисли. Јутро је, право време да у тишини постројим збркане мисли. Све спава, јер је прекривено дугим ноћима, маглом и можда, само сам ја будан.

На све начине покушавам да размрдам и пробудим мисли, тргнем се из будног сна, запишем реч, реченицу, осликам стање ума, тескобу тела, тежину потиснуте душе. Не могу, збркане мисли увек имају оправдање, одлутају, траже и налазе изговоре, оправдање спољашњег. Време остављено иза у тачки која не постоји или је сасвим избледела.

Скуваћу кафу, рутином ћу оправдати лажне разлоге, купићу мало потребног времена. Кроз мисли ћу провући у маршу хиљаде разлога, док у мрачном јутру, светли једино сопствена илузија.

Не, звук напрслог стакла пара ми уши, сломљене су... Моји испрљани стаклени погледи, мој једини прозор... Тупо посматрам комаде сломљених наочара, и то се десило. Бизарни начин отварања јутра, ново оправдање за одустајање. Кроз собу миле пригушени звуци неме хистерије, бес беспомоћности, јадно посматрање најобичније ствари. Осећам се глупо, јадно и назирем злокобни ток наставка јутра.

Инат. Зашто по сваку цену, са штитом ината и по цену пораза безглаво јуришам на уобичајеност? Зашто свако јутро, у отварању погледа не постоји једноставан низ мисли и зашто не чиним само уобичајено?

Не иди. То је неписано правило постојања, не крећи када ти идиотарија отвори дан, када ти исклизнуће из рутине крене по лошем. Али инат, лажљива снага, его неће прихватити безначајан пораз створен у мислима, неће се одрећи наумљеног, нећу прихватити пораз и баш кренућу. Али у свесности која блесне, знам постоје низови пораза у буђењу дана, већине дана. Порази који се нижу од бизарног до могуће кобног. Не, одустаћу?

Видим га, видим да дивље плеше и кривуда низ празну улицу. Најмање лоше, после тренутка уочавања је слепљена прљава вода по обући, одећи, али он је нестао. Смишља нову гадост. Иза мојих леђа је? У мирису иза магле је? Знам да ту је и да вреба.

У неуморном кретању у кругу стиснуте затворености, понављам ритам, с времена на време убрзам, па успорим корак, ослушкујем, ишчекујем га. Покушавам да пружим корак, да закорачим у круг стиснуте отворености. Желим да доведем до краја низ бизарности јутра, превише их је у тешком јутру које је започело уз пуцање стакла.

Глас ми каже довољно је у скраћеном дану, али баш хоћу... Желим да прекинем плес ситних, демонских подвала.

Не чујем да ми искежено прети. Говори нешто. Говори да иза сплета бизарности може се скрити кобна...

Не или да. Као клацкалица. Не или да у надмудривању у првом лицу. Не и да, у два облика непостојања.

Скривен иза завесе, ишчекивао сам да стигне нешто. Са надом да ово неће бити поновљено, празно јутро као многа пре. Очекивао сам да коначно стигне и да узмем у руке фамозну пошиљку. Чекао сам тај ишчекивани одговор, на давно упућену поруку, спаковану у изгужваном коверту. Или и ова скривеност и ишчекивање је само самообмана? Нешто што никада нећу пронаћи у лименој кутији на улици.

Ништа, поново ништа. И овај дан у рађању, завршио се у проласку поштоноше, који је пројурио поред куће.

Ходајући уназад, корацима враћао сам се у пређашњи положај. Мирно сео сам, заузео положај из ког сам са надом у погледу кренуо нешто раније. Ослонио сам се на похабани наслон фотеље, запалио цигарету и... Рутином понављања, одговорио сам на рутину ишчекивања.

Прошло је време, сасвим довољно времена, превише можда, и даље сам седео. Ишчекивао сам, оно што нисам очекивао или су само моје мисли понављале наученс и запамћене речи. Покретима десне руке склањао сам непријатне капи у сливању, левом руком брисао сам паучину која је остала иза игре паука.

Седео сам и ћутао, зауставио сам покрете руку, нисам желео да нарушавам тишину. Клонуле главе, у положају сна, заустављао сам спорост брзине.

Заспао сам. Коначно. У сну... сањао сам, сутра у исто време, иза погледа, један дан старији, стајаћу иза завесе. Са погледом испред, кренућу из положаја сна у ход будности, сачекати, вратити се уназад и тако.

Успорених покрета, наносио сам пену за бријање. Дуго сам је утрљавао по лицу, као да успореним покретима желим да одложим чин који сам понављао сваког трећег јутра, између немара и неподношљиве лењости. Тек је пет, а до поласка има више од десет сати, све то, тај призор чинио ми се глуп и отрцан.

Прострелио сам своје очи у огледалу. Тај поглед док се бријем, има посебан смисао. Поглед који у паузама између празнина, осмотри поглед, док спирам лице водом, док уклањам умор и поспаност.

Забрињава ме безизражајност и тупост сопственог ја. Ово није обичан дан, ово је дан када сам дочекао избор, могућност коју сам призивао. Ништа није наговештавало, да сенка сопственог ја може... Покушавао сам да се макар и изнуђено осмехнем. Ништа, само низови поновљених навика, избријавао сам као што увек чиним најпре леву страну лица, од уха ка бради, полако, у одлагању, као да желим да безначајним чином одложим и дам му посебан смисао. Одједном, обрисао сам неизбријано лице, одустао сам макар и привремено. Нека све буде у одлагању, нека се наруши ред рутине.

Време је цурило, баш онако брзо, како нисам желео. Није ми остављало ни заостали тренутак који могу вратити, у којем могу пустити мисао. Сопствена тромост и незаинтересованост из часа у час губили су трку. Устајао сам, окретао се, по ко зна који пут правио поновљени круг, окретао сам леђа старом зидном сату који ме депримира са својим обликом у покрету, његовом трком у нестајању времена. Обема рукама, стегао сам уши, да не чујем звуке. То није звук сата, то су бубњеви, одјекују, муче ме.

Подне је. Завршавам незавршено, срећујем лице. Купатило је препуно паре, не видим лик у замагљеном огледалу. Не видим своје лице, али ми се оно гади. Кроз рупице које се отапају, само назирем облик себе, лаж у огледалу. Посматрам облик лажи, који је призивао догађаје, време, нека непозната места, све у нади да се никада неће догодити, а сада. Сада у подне, овог дана лаж би да побегне у измишљеном оправдању.

Стојим, обучен и спреман. Спреман да сачекам последњи тренутак да испари и да кренем.

Посматрам, папир на столу, не желим да га додирнем, зграбим, а још јуче на сасвим блиском растојању, био је улазница за слободу, наду, прича срећног почетка и краја. Био је све што није.

Са теретом сам уздахнуо, осећам неподношљиву тескобу, питам себе, причам са собом, тражим изговор.

Последње чега сам се сећао, било је маглом исписано, нешто неразумљиво, јасно. Нестаћу, све ће нестати, све ће бити избрисано као да није ни постојало. И ја ћу заувек бити избрисан...

Спуштао се јесењи мрак, било је пријатно, неко сасвим лепо вече... Не памтим га у заборављеном сећању... Време је...

У путовању кроз непостојање, бежећи од постојања, пронашла је њега. Данима, посматрала је изгубљено лице које је ишчекивала... То је он, била је сигурна, знала је то. Веровала је у судбински сусрет који се није догодио. Желела га је, мрзела га је, био је сан о нестварном и најодбојнији призор облика.

Жестоко и провокативно, нежно и са најфинијим осећањем узвишености, мамила је отупели поглед. Наслањала је главу, прекривала је косом... Запловио сам, отворио очи, са напором развукао једва видљив осмех, нисам био мртав.

Радосни дан је оживео, радосни дани су почели да живе. Недостајање оног другог било је болно. Крали су тренутке, преплитали снове, шапутали из најудаљенијих простора у којима су се скривали.

Мучне су биле ноћи. Тешке неизговорене речи, натопљене отровима чиниле су их неподношљивим. Знао сам у буђењу из сна, да је ћутање једини исправан одговор на бујицу отрова. Нада у пролазности, забораву.

Враћала се, одбацујући и заборављајући. Желела је силно ту залеђену, успавану страст. Без фраза и сладуњавости, желела је жестоко и огољено, јасно и дивље. Из сваког бесом изазваног одласка, враћала се носећи још врелију жељу. Брисала је обе туге, понављала заборављено, откривала болно. Будила је живот који је мрзела.

Дани и вечери су се смењивали. Вратиће се, то је била најснажнија мисао која је дуго живела. Храбрио је сумње које су биле исплетене паукове мреже. Једина зебња, била је да је у лудилу свесности отишла некуда са хиром који је носила, отишла да изазива и призива, да је отишла у сусрет својој мржњи.

Испијао сам кафу, прелиставао новине не обраћајући пажњу на наслове. Трошио сам прегршт непотребног и наталоженог времена са којим нисам знао шта да чиним.

Смрт! Исписана реч коју увек срећем, исписана реч, која је пловила, приказивала ми се. Али сада предуго стоји у залеђеној имагинацији, без намере да оде. Стоји, изазива, упозорава, реч од четири слова, најстрашнија реч.

У бомбашком нападу који се догодио... одјекивала је исписана реч... чуо сам и глас са ТВ апарата који је понављао... Следио је изговорени опис... Осећао сам страх, узнемиреност. Посматрао сам лице тог бедника који гласом равним, уобичајеним чита... Све је одзвањало, још јаче... Више ништа нисам чуо, знао сам да, знао сам!

Испод црне кесе, која је лежала у лименом сандуку, ширио се осмех, победнички. Остао је на сунчевим зрацима. Ја сам пак био тужан, моје поимање ствари било је сасвим другачије. Нисам видео разлог да се осмехнем, а она можда се смеје овој тескобној забринутости. Можда ме исмева због бриге?

Чујем речи, у вечности, назирем руке које се пружају... Она је веровала у неверовање. Догодило се, једном, можда догодиће се у пресликаном дану поново, тешко, али... Са радио станице, допирала је давно заборављена песма...

Левом руком којом се нисам служио, нешто сам бележио, сасвим споро, тешко, не нарушавајући ред могућих реченица, трудећи се да оно што испишем колико-толико буде читко, јасно некоме ко буде пронашао овај папир који ћу са намером изгубити.

...замишљено сам вртео цигарету и у ваздуху замишљао нешто... мисао...

Осетио сам олакшање јер прва реч, рођена у мислима успешно је пренета на папир. Сада са сигурношћу могу наставити, довршити узрујане мисли и утиснути смиреност која никада није живела у мени.

...изгледало је, само на тренутак, да се угао моје горње усне извио у осмех или знак задовољства, само на тренутак...

Покрети лица са напором оцртавали су се у започетој другој речи, трајало је путовање неколико минута, али на крају израз олакшања који се родио из уморног и забринутог облика са почетка. Облик је добијао израз дивљења. Спреман сам и за трећу реч, слово по слово, родиће се и трећа кључна реч коју нико не види.

...једноставно престао сам, то је био мој одговор. Уопште посматрано био сам неко ко није имао многе одговоре, више сам волео да ћутим. У зачаурености сам ћутао, ћутао сам у својим скривеним записаним траговима, у страстима... Живот је био бојиште на коме се споро и дуго умире. Лутање без циља и сврхе...

И за тили час, трећа реч је засијала. Био сам пресрећан, устао сам, направио неколико кругова око стола, дивио се и гледао у правцу записане речи. Круг у другом смеру овенчао сам изразом узвишене радости. Четврта реч, пета реч, низале су се. У избрисаном времену које сам оставио између паузе, осетио сам да је протекло доста времена. Успео сам, још једном сам победио себе. Још једна важна лекција савладана је и сада сасвим сигуран у себе, могу пресавити папир, ставити га у коверат који нећу затворити. Оставићу све за тренутак, када ћу одлучити, да ли ћу исписати име и презиме и послати га на пут.

...Виктор, уселио се у мене давно. Сметао ми је, досађивао ми је... Сада сам навикнут да постоји и да живи у мени. Да је ја. Неспретан је и мрачан и изгубљен, али и детињаст и наиван...

Испод светиљке, под сенком су се назирала слова, неуједначена, али читка. Исијавала су, остављајући траг на коверти. Избрисати? Наставак је био преливен мрљом.

...Њене очи. То је она. Све је променила. Све је разумела, оживела, извукла је исписану скривеност. Изненадно и силовито, незаустављиво...

Под сенком светиљке, блед и непомичан стајао је он-ја, Виктор. Покушавао је да прочита нешто.

18

Скривена, испод наслага стега, провлачила се. Скоро неприметна, у ходу улицама препуних празних покрета, у превозу са једног на други крај огромног мравињака. Нечујна при уласку у зграду успаваних робота који понављају радње, не осврће се на покрете и шумове замрзнутих остатака цивилизације, живота поред кога се пролази.

Живела је болно и тихо. И бол и тишина, мање су болни од безосећајности, гасили су је сваког новог тренутка у бескрајном понављању. Брисала је облик себе и претварала га у необлик себе. Већ дуго брише облике, скрива невидљивост у украденом погледу. Запањена је сазнањем да видљиви обриси постоје. Скоро потпуно су избледели, угашени и наталожени прашином.

Додирује своје лице које не види, намешта косу, чини све да у двобоју испред запрљаног огледала докаже постојање. Она верује у постојање себе... Једва видљиве контуре, испрекидане кроз сузе, говоре да не постоји и да је нема.

Поставља себи у ћутању важно питање, да ли је умрла? Покретима, брзим и енергичним брише запрљано огледало, покушава да га учини сјајним и блештавим. Не иде. Све остаје како јесте и поред жеље и напора.

Уплашена је. Из дубине огледала, кроз мрље и прљавштину, искаче осмех искежене звери. Испушта звуке страха. Није уплашена, то је рефлекс покрета умрлог, живог тела. Окреће се и одлази.

Буди је звук. Време је. Звук звона, једини стварни звук који живи у њеном уху, покреће је, време је да крене.

Хода, чак није ни успорени ход, више не може и не сме бити одлагања кроз успореност. Рутина, понављање радњи умрлог, живог тела... Илузија, остатак себе, себе у другом облику...

Кренуо сам, сасвим сигуран и одлучан. У мислима ми је живела велика и јасно осветљена порука. Кренуо сам у сусрет, до краја, до краја бескраја ништавила. Одлучан сам у намери да састружем утиснути отисак и понесем га са собом.

„Данас је тај дан!", шапутао сам поспаном делу себе. У прекинутом сну, нисам осећао умор, у плесу пробуђености осећао сам снагу и наду. После бескрајних лутања, додиривања невидљиве тачке бескрајности, знао сам да постоји крај. Понео сам у рукама утиснути отисак, он ће бити садржај, а не форма. Он ће бити садржај и правило. Начин.

Грубо у убрзаним покретима, одгуривао сам непостојеће облике. Бацао сам их, хитро их прескакао. У сусретању са мном, склањале су се металне конструкције. Силом израсла бетонска чудовишта, постајала су ништавна, у мојем уху је одјекивао плач непредмета у необлику.

Над реком која се тихо кретала, спустио сам мисли, нисам их квасио, биле су тик изнад воде. Посматрао сам лево и десно, гледао изнад, завиривао под камење, посматрао сам покривеност ограниченог. Треба ми тренутак, сада и овде, ово је последњи чин.

Јасна, видљива слика мисли, нечујни звуци, сада је тренутак. Иза себе оставио сам места, приказе, предмете који се неће поновити, видети. И поново бићу ту у сасвим другом постојању, које се само тада и једино рађа.

До краја бескраја. Ближим се циљу, на неколико корака, невероватно, са лакоћом носим урезани отисак.

Све се буди под корацима. Ништавило бледи, нестаје у паничном трку. Сунчеви зраци сјајни су и јасни, чују се птице, гласови буђења.

Крај бескраја, крај наметнуте илузије нестаје. Постоји само један бескрај, одзвања ми у бистрим мислима. Постоји само један и једини бескрај. Лице ми је озарено.

20

Један дан, без ситних подвала, искушења која кидају, трују душу, претварају у плен, да ли може бити такав дан? Нескладно дисање, гушење и уздаси, све клизи. Иза закључаног мрака, у положају тела које се спрема за? Скупљање тренутака који се нижу у поглед.

Уобичајено, поновљени призор са пресликане позорнице. Мучно препознатљив и предвидљив. Цигарета до пола угашена, у талогу кафе. Све је без укуса и жеље, све је навика.

За промену, нека буде ништа! Ништа није потребно, рутина и отрцаност истог, то су знаци. И ове вечери нека све буде уобичајено. Нека и тело буде у положају пређашњег, поновљеног, постојаног у трајању. Нека све буде тако, до тренутка коначног, највећег гађења.

Чинило ми се да неки облик, непрепознатљив осликава се у мраку. Плеше по зидовима и непозван долази ми у посету. Покрети руком, као знак да све је незбуњујуће, већ виђено. Варка је и овај ход и испуњавање простора. Али, сија, изблеђује таму и оставља светлост. Није најсјајнија светлост, али јасна је.

„Неко, вечерас и овде жели да...”, започео сам разговор, позивајући непозвани облик да ми одговори. Изговарао сам као за себе, али са жељом да са неким најзад разговарам. Желео сам да чујем и бесмислен одговор, али одговор.

Прва помисао, можда наредна, сасвим изненадна била је да то може бити она?! Кроз мрак назирао сам покрете и они би могли бити њени. Не видим лице, не чујем глас, можда отварање тачки откривања, могу ми отворити мисао. Под сумњом, убрзо сам уклонио помисао, угасио скривену наду. Зачутао сам, мудрије је и смисленије него наставити покидани и незапочети разговор.

„Ту сам”, зачуо се пријатан глас иза леђа.

Ћутао сам, није ми познат глас, не желим да се окренем и погледам лице које га изговара. Ипак осећао сам пријатност, ако и није било разлога, разлог је могао бити тај, да у простору затвореном и загушеном, разлива се доказ постојања. Заборавио сам на те, изненадне, пријатне догађаје. Ако и лудим, није важно, осећам се пријатно.

„Нисам желела да те уплашим”, настављао је глас, „дуго си већ овако, патиш, тешко ти је?”

„Ти си била оног кишног јутра, пре...”, питао сам је не окрећући се ка њој. Мада, желео сам да угледам лице, али ипак нисам желео никакав нагли покрет који ће све избрисати.

„Да, то сам била ја. Памтиш то јутро, ниси га заборавио?”

„Не, нисам. Тог јутра сам пошао да потражим...”, зауставио сам потпуни одговор, у тренутку. Чинило се непотребно да непознатом облику откривам заборављене мисли. То истргнуто сећање, негде сам сакрио.

„Знам о чему мислиш. Ако не желиш даље да причаш у реду. Осетила сам, ту прекинуту мисао. У реду је.”

„Пошао сам да потражим... поверовао сам да сам на трагу и преварио сам се. Није битно, осим тога, ти вероватно све знаш.”

Ћутање оба облика је започело. Још дубље, зарио сам поглед у зид, није било потребе за сувишним речима које се могу претворити у опустошену празнину. Није било ни љутње.

„Могу ли поново доћи?”

„Сама си дошла. Нисам затворио отворе, твој избор. Само немој...”, зауставио сам одговор који је могао склизнути у патетично запомагање.

„Нећу нестати. Обећавам...”, изговарала је обећање желећи да гласом који говори, избрише сваку сумњу и страх.

„Реци ми једно, Викторе. Ти си уверен да се више никада неће поновити тренутак, који се игром случаја догодио? Верујеш у то?”

Нисам одговорио, сматрао сам да је бесмислено и да не заслужује одговор. Ћутао сам у тренутку, јутра, дана, вечери. Свеједно знао сам да...

21

Мрзовољан и бесан, тражио сам излаз из себе, пут ка себи, искорак из у! Дани иза, наталожени у стварима, тренутку, погледу вукли су ме у бекство од себе. Нејасних мисли, гневан и конфузан, под теретом себе, тражио сам у нечистом погледу, знак, путоказ. Без идеје, оловних мисли, учинио сам... Одлучио сам да ишетам, кренем, било куда, макар и на најкраће путовање покретима, које би обликовало призоре, све у мери колико немоћ то дозвољава.

Граја начичканих, згужваних људи, бивала је тиша, једва чујна. Успоравао сам кораке, нисам се освртао да бих се уверио да сам сасвим довољно удаљен од света илузија, света са друге стране старих крошњи. Отварао сам очи, отварали су се призори ненарушене стварности. Мисао да постоји овакав, скривен свет храбрила ме је у покрету. Свет који постоји иза мутног погледа, могао се дотаћи погледом.

Уживао сам у тишини, мирисао сам сунчеве зраке, лице сам подизао ка небу. Осећао сам бескрајну слободу, макар и краткотрајну. Силно, вапијуће сам желео да траје тренутак, да се преслика у мноштво наредних. Ходао сам, летео сам, бежао сам у лепоту одласка. Крао сам време од себе и бежао.

Успорених корака, у супротном смеру, задржавао сам тренутке, чувао мирисе, као драгоценост. Чврсто сам их носио на длановима, скривајући их у затвореном погледу. Избегавао сам мисли о повратку, тешко сам на такве помисли, отварао очи, кроз рупице у прекидима ходајућег сна, назирао сам безличне и хладне грађевине. Иза њих, у следећем, даљем погледу светлеле су варварске зидине... Ближио се час, а ја сам заустављао време, још један и још један тренутак...

Стара клупа, тачка на путу, ту где се скреће у један од праваца, остаје, посматраће небо. Враћам се, скоро оловних корака. Свет илузија је поново стварност. Повратак у одбачено и нежељено, иза угашено и наталожено време...

22

Успавала је себе. Прекрила очи рукама, затворила их и уснула. Време буђења оставила је за неки будан сан, једном, некада. Авети пређашњег дана успаване су, одстрањене бар за довољно дуг тренутак трајања.

Ходала је, живела је и надала се. Увек у парадоксалним покретима будности. У трајању сна, осмех би се будио само у кутку стиснутих усана, залеђеног погледа. Само блесак и гасио би се.

Живела је и постојала је у мерилима прозирности непостојања. У облицима, она је била један од њих. Сан, будни сан, испраћао би у неповрат изговорене погледе празнине. Снажније стиснутих капака затварала би се навала празних погледа, бежала је даље.

Страх? Природни сапутник, гушио је жељу, чежњу, страст. Страст наваљивала је тихо и снажно, повлачила би се на тренутак и враћала се као подивљала река.

Будила се, струјала је кроз мисли, снове, мењала је облике у сну и буђењу. На уснулом лицу, иза и испод погледа.

Пробудила се у недоговореном тренутку. Обрисала је талог времена, осетила је страст, знак постојања, живота и жеље. Одлучила је да обрише уснули страх, покрет усана, мирис жеље. У неизабраном тренутку, у недоговореном сусрету.

Улице препуне ретких пролазника биле су идеални простор покрета. Пробуђени осмех у покушају. Страст је победила страх.

23

Кроз мрак покушавао сам да напипам сат, да га снажно треснем. Нарушавао је мој отргнути сан. Пожелео сам да устанем, зграбим га и разбијем о зид. Да заћути, тај одвратни звук пролазности. Нисам желео да прекинем сан, иако празан, без радости и наде, био је моје уточиште. Заспао сам, желео сам то и заспао сам изнова. Настављам несвесно путовање, тврди сан, настављам отимање одузетог времена.

Посебним напором, покушавам да се ослоним на ноге, покренем се. Не обраћам пажњу на то што касним, продужујем тренутак, растежем га до крајности. Самопрезиром, испуњен је израз, осећам га, назире ми се у буђењу јутра.

Заронио бих испод површине, макар и устајале воде. Недостаје ми свет који спира наслаге наталоженог. Не могу, могу, ломим себе у одлуци, не могу, могу, понављам изнова. Кроз тишину одзвања звук уопштене параноичности, буди ме будног, позива ме да коначно кренем. Покретима руке иза леђа, са презиром, ударам по страшилу, ућуткујем га.

Напољу сам, у покрету. Безмирисно јутро испод наталожене врелине, умртвљује већ довољно успорене покрете. Исто, као и јуче, као и пре... Није ми потребан покрет главе лево или десно, видим, осећам кроз поглед без погледа. Све испарава у испаравању врелог асфалта, поглед дотиче сваки корак угажене врелине.

Замахујем рукама кроз устајали ваздух, бранећи се. Свуда смрад устајалости, лево и десно, испред и иза погледа, устајалост у понављању. Мисли су ми уморне, скоро су пресушиле, празне су. Осећам изглед лица које је препуно гађења. Исечци поновљеног јутра, исти су, чак не постоји ни украдени исечак.

У поновљеној радњи, између успорених покрета испаравају и речи. Речи? Нечије? Смешни плес слова, невешто испуштена у ваздух прича. Мисао искривљених линија, плови иза мене, одмахујем да оде. Као досадни инсект јуриша. Склања се, али искрзани ред плеше, не одустаје. Речи су, не могу бити реченице.

Застајем, посматрам, чудим се. Погледом стрељам имагинацију редова. Бизарност, огољене илузије, покушавам да протумачим лепљиву ваздушасту поруку. Бесмислена је и глупа, искрена је и преко потребна, свакаква, никаква...

Кроз бистрији поглед покрећем руке, топим све исписано у ваздуху. Лице ми одједном постаје тужно, осећам такав изглед иако га не видим. Иако све око је бизарно глупо, туга је тешка, лирска, искрена.

Ништа. То је стварност нестварности. То је истина илузије, приземности, то је нестварност стварности.

Посматрам гашење дана у сну неба. Иза сна, започиње сутра, сутра је сада. Поновиће се дан, пресликан биће као у лошој репродукцији слике. Биће препун наметнуте сличности. Исечци, бизарност, ништа у мноштву...

24

Ненамерни, неспретни судар, додир два тела у покрету. Једно у покрету из простора и једно у покрету у простор. Једна велика железничка станица, препуна људи и... Како живот може да уреди сусрет, да створи догађај из дубоке празнине.

Иако добро, чак превише памтим, не могу се сетити баш сваког детаља сусрета који се догодио. Догодио се, зато што нешто што не мора, увек се по правилу догоди. Знам да и сада, после свега, носим празнину и да ми тренутак, више њих недостају.

У нервозном кретању, ишчекујући, сасвим случајно, лоша реч, у пролазу док сам избегавао додир, нехотично сам...

„Опростите на мојој неспретности”, поновио сам извињење непознатој жени са друге стране стола, коју сам неколико минута пре скоро оборио излазећи из ресторана. Осмехивала се искрено, чинило се да јој прија моја смушеност и да је мој неспретни чин добродошао.

„Све је у реду. Баш се пријатно осећам и ово је мали поклон, да уживам у необавезном ћаскању. Нека овај једини сусрет остане у пријатном сећању”, уз осмех ми је потврдила своје задовољство тренутком.

„Виктор”, проговорио сам, посматрајући људе око нас који су тражили место у ресторану.

„Виктор, то је Ваше име. Драго ми је.”

„Извините, вероватно тихо говорим или сам...”

„Ирена”, сада пружајући руку у званичном упознавању.

Ћутали смо, ишчекујући следећу реченицу, оно друго од првог је очекивало да настави. Лажно тражећи разлоге, окретали смо се, посматрали људе, нервозно вртели шољице чаја у рукама...

„Учинило ми се да сте превише збуњени? Мислим приликом оног судара, учинило ми се као да су Вам очи биле изненађене, поглед збуњен неочекиваним догађајем или...”

Збуњен нисам био, у мислима сам се надовезао на њену реченицу. Поглед који сам сусрео у тренутку који је описивала учинио ми се можда препознатљив, али сам такву помисао одбацио. Сматрао сам да је то немогуће, да у великом граду, далеко од постојања могу да се сусретну познати погледи, то је немогуће. Наставак мисли, учинио ми је глас познатим, иако измењен, другачији, старији, могао је бити глас... И то сам одбацио, сваку могућност немогућег одбацио сам. Себи сам рекао, да је то сплет околности и ништа више.

„Морам признати...”, покушавао сам да одговорим, али да не испаднем дечје смешан, „да, морам признати да ми се најпре поглед, учинио познат, увек ми се очи урежу у сећање. Онда је уследио Ваш глас, измењен, али као да је познат, да је остао запамћен, а онда сам одбацио све могућности. Схватите ово као моју имагинацију или превелику жељу да...”

„Глас”, са озбиљношћу ме погледа, „попут Вас, памтим глас, изразе, покрете, неке мале другима небитне детаље ја памтим. Али, не, Ви сте сада и остајете запамћени по овом тренутку. Реците ми одакле долазите, где живите, где сте рођени?”

„Звучаће будаласто, не знам где припадам. Рођен сам у једном невеликом граду, ту сам живео до своје тридесете, а сада... Живим на релацији између... Имам динамичан посао, који захтева путовања, трагања, мада већ са годинама у којима сам, постаје ми напорно.”

„Глас.”

„Глас, не разумем?”

„Тај глас, кога сте се сетили, можда препознали, тај глас сличан... био је драг глас?”

„Упечатљив.”

„Викторе. Остало је још око сат времена до наших полазака, свако на своју страну, у своје уточиште. Не желим да испадам директна, али нешто ми говори, да овај сусрет иако је случајан, то није. Која је Ваша прича? Ако желите, прилика је да потпуном странцу у сасвим довољно реченица кажете све. Осећам то, видим у покретима, у погледу.”

„Можда. Неком другом приликом. Ако се сударимо на неком другом месту. Ако сте Ви слушалац приче, нека се догоди. Ако нисте, нека прича остане неизговорена, молим Вас опростите, само искрено попут Вас одговарам. Чини ми се, превише је било случајности у сусрету данас...”

У буђењу уз писак сирене, смењивали су се призори равнице кроз коју је воз пролазио, са сликама сећања. Лик непознате жене, посматрао ме је у буђењу. На моје немо посматрање, из тренутка у тренутак, она је настављала прекинуту причу. Можда прегрубо заустављену причу са моје стране. Причу која у згуснутом времену није могла бити изречена, завршена. Нисам се осећао кривим. Сумња и нада, сенке над причом коју никада нећу чути.

Пријатно сам се осећао у буђењу, плес лепоте, осмеха, посебности тренутка у прекратком трајању, довољни су за успомену. У годинама које су ме већ довољно изгризле, ретке и изненадне успомене вредне су живљења.

Воз је успоравао, заустављао се у станици, спорим корацима кретао сам се ка излазу... Удахнуо сам мирис, заборав остаје иза, испред нови дан...

25

Непостојећа сенка. Записивао сам нешто, нечитко а брзо. То нешто нико са сигурношћу не може потврдити да се догодило. То није ни смислено, важно, ни за мене, а тек за друге? То су неразумљиве странице бесмисла. Нисам веровао у вредност и значај остављених белешки које сам разбацао на разним улицама, као путоказе. Иза умазаног прозорског окна, одвијала се борба бесмисла и изнуђености. Једини актер, ја сам. Само ја и повремено изабрани појам, не лице.

У борби бесмисла и изнуђености, у једном тренутку који се рађао, пламени језици прогутали су све утваре, сенке и записе. Непостојећа сенка испод моје коже, у мојем телу, испарила је. Нисам нестао, нисам умро, јер ја нисам ни био, нисам постојао, а ипак... Боја пламена увредљивих покушаја била је посебно сјајна. Из дневника, забележеног у ходу, на длановима свако је могао оставити траг. Исијавала је боја, посебна и мека, гасила је све под светлошћу месечине.

Призор ватре је заборављен. Све се брзо заборави, тако и кућа са умазаним окнима. Заборављена је и сенка у њој, целокупна повест о свему. Све је прекрила тишина и тако би и остало, да нису почели да се збивају у најмању руку чудни догађаји. Појавили су се заборављени сведоци, прича се изнова родила, почела други живот. На свако непоуздано и несигурно сведочанство низале су се речи, сличне изгорелој хроници.

Нису се дешавале чудне и мистериозне смрти, никакве страхоте и несреће, али убрзо, за мање од годину дана, цела улица је била исељена. Нико више није тамо живео. Смрт и гашење улице.

Када је последњи путник кренуо на пут без повратка или... почеле су се осипати фасаде, коров је бујао, прозорска окна била су потамнела и улица је била прогутана заувек. Нестала је у бујању.

У једној ноћи, у глуво доба, док су ретки будни, чинило се да пламени језици исијавају. На тамном платну ноћи, смењивала су се слова. Исијавала су и нестајала у невероватној брзини, само су се назирали изгорели обриси... Низале су се и нестајале речи...

Невидљиве тачке. Једна тачка, мноштво... Ничега? Нечега? Дуга линија која допире... Иза празна, невидљива линија која се пружа.

Бројао сам немогуће, покушавао да сачувам у голом погледу, узалуд. Као молитва која то није, речи у распадању ума. Бесмислено трагање и праћење знакова који горе.

Моје бекство од искушења празнине у ноћи препуној ватре. Мисао ми је да сваки испружен корак је излаз из затвореног круга.

Понављам упорно речи посматрајући призор пламена, ништа нормално у мени... Желим смену доба дана, желим гашење ноћи, желим ветар и лед и кишу...

У затвореном кругу време не постоји, немуштим речима тврдим да ни призор не постоји.

Не знам шта се дешава, а посматрам. Осећам бесмисао.

26

Изненадна олуја оковала је град. Нико се није надао таквом суровом догађају. Дрвеће је пуцало од суровости леда, уличне светиљке су гасиле сјај у судару са мразом. Иза мноштва прозора нестајала је светлост и завејана магла се ширила. Белина ледене пустоши. Мрак и беспомоћност.

Од претворности живљења до непостојања, у само тако мало исцурелог времена. Моћ заборављена, светила се и опомињала. Покоравање непослушности и лажи. Тишина. Непријатна тишина и хучање језе, песма и плес леда, последња опомена.

Моје подеране ципеле, остављале су дубоко утиснуте шаре у смрзнутом, назирућем путу белине. Лева ципела, под теретом искривљено је скретала, носила посебан терет стазе. Трагови које сам остављао, топили су врелином, скупљали се и изнова мрзли. Био сам сенка, повијених контура, али грабио сам напред. Сигурно, снажно, остављајући траг леве ципеле.

Иза остављених трагова, остајале су последње залеђене зграде. Застајкујем, чини се да милиони пахуља у најезди јуришају на мене у жељи да одустанем. Замагљен ми је поглед, губим ослонац, помислим да сам у истој тачки коју сам оставио после пређених километара.

Врелина стопала, то је траг, та мисао ме храбри.

Он ме вуче у поновљени круг, брише трагове, одвлачи ме и гура. Знам да је он, али све је у правцу изгорелог снега.

Не знам колико је прошло у ходу кроз замагљену вејавицу, све је нестало... Само бледо сећање на дивљи плес, и он се гаси.

Један дечак, весело скаче из баре у бару. Раздрагана игра необичности, угажена земља, удубљена у правилним размацима неправилног облика. Путоказ?

Назире се нешто, под теретом леве ципеле, у неправилном облику...

Две столице складно су поређане у нереду. Погледом сам их сместио и оставио баш ту. Лево и десно од зазиданих прозора у зазиданом простору. Посматрам празнину и преливање сунца које се не види. Правим представу и једини сам посетилац.

Столица од обрнутог погледа чини ми се складно намештена. Гледа у правцу ноћи. Провлачим се између препуне празнине, заузимам место на поду и чекам. Нестрпљив сам.

Осенчена столица, која гледа у правцу светлости празна је. Неће доћи! Остаће празна и после поновљене игре на позорници. Нисам тужан, знао сам или сам слутио да ће се то догодити. Глас који нисам чуо, више пута ми је поновио поруку.

Испустио сам маглу да прође кроз зидове и испуни простор. Плешем несигурно и трапаво, плешем брже и јаче, избацујем гнев. Гласно се смејем, простор одзвања, празнина је уплашена, бежи пред мојим покретима.

Падам, врти ми се у глави, изгубио сам снагу и контролу. Плачем, истегнутих руку и ногу покривам простор, издужујем се и ширим да захватим што више.

Представа је завршена. Громким аплаузом поздрављам двоје који су у мени, крај је. Одлазим кроз зазидани пролаз, губим се и чује се само пар удаљених уморних корака.

Несигурно, као облик у постојању, закорачио сам. Са повезом преко очију, зазиданог звука, без идеје и жеље, прошао сам кроз зазидано, да осмислим непостојеће.

Облик-ја, не чујем гласове иза непостојећег света ван. Облик-ја не знам које је доба. Облик-ја, не знам...

Непостојећи облик-ја не знам да ли сам у покрету празнине превалио пут или не. Избегао сам замке у сударању, када сам искорачио из простора позорнице и сударио сам се...

Избегавао сам лепљиви додир устајалог ваздуха, вешто и успешно сам у простору у који сам крочио заобишао избледеле празне мисли. Ништавило у изобиљу.

У тачки у простору у који сам закорачио, осетио сам посебност празнине, стао сам као укопан, непомичан, ни корак даље. Крај је. Одзвања ми у погледу, призор пређашње представе, аплауз и одлазак.

Без повеза сам на очима, ослобођен сам звукова. Са идејом и жељом ходам у простору у који сам закорачио. Непостојећи облик-ја посматра постојање ничега. Кораци крећу у правом смеру. Ход између ничега и свега, ход подвојености, ход између две правилно поређане столице у погледу...

Он и ја, данима смо се мимоилазили. Живели смо обојица са једном мишљу, једном жељом, осветити се. Није то био прећутни договор, то је био сплет околности рођен у погледу и мислима непостојања.

Био сам опуштен, насмејао бих се на то своје неприродно стање, јер такав никада нисам био. То стање научио сам, у најтежим мислима и слепој жељи да будем привид.

Он је каснио, увек корак, два иза. Хромо је јурио по стази где сам сакрио трагове. Осећао се бесно, немоћно, не успевајући да дотакне одсјај лика, не успевајући да прочита остављену поруку која би нестајала у магли. Знам да је био очајан, моје стање постало је његов живот. Био је на корак од одустајања.

Дозволио сам да ме сустигне. Припремао сам терен данима, пажљиво разрадио сваки детаљ и најзад скривено сам изговорио у многе уши. Окренуо сам се тада и нестао накратко. Дао сам му један дан, довољно је времена, да кроз лавиринте уских улица провуче се и стигне ме, довољно времена да дође на незаказани сусрет. Дао сам му прилику коју он, никада у гордости мени не би пружио.

Стајао је мокар на улазу. Бес и немоћ испаравали су из проређене косе. Посматрао ме, мерио моју лежерност. Дивљина мржње, помешана са страхом, снажила га је у корацима док се довукао до празнине за којом сам стајао.

Нисам га погледао у очи, не из страха, он је последња особа пред којом би ме страх обузимао. Исијавао сам презир и злобу, која се скривала на крајевима усана, не дозвољавајући јој да се прошири.

Ћутао је и тресао се, у таквом бесу, немоћи, најмањи додир оборио би га. Покушавао је да избаци отров, није могао, муцао је. Покушавао је да ми се обрати, са мржњом, која је сплашњавала...

„Желиш да нестанем", коначно сам га погледао.

Климнуо је главом, у силној жељи да ми изручи бујицу увреда у лице занемео је и само је климао главом.

„Нестаћу заувек. Чврсто обећавам да ћу нестати и да никада више нећеш чути за мене. Нико из мноштва, око нас никада ме више неће видети. Ти ме никада више нећеш видети."

Израз поверења и олакшања био је на његовом лицу. Био је спреман да као искрени пријатељ пружи ми руку, захвали се, али сам и помисао на то отклонио покретом, једним невидљивим покретом.

„Једно само желим", желео сам да завршим реченице и одем, „никада нисам имао могућност, избор као ти сада. Никада нисам имао прилику да одговорим на непријатну и болну тишину. Нека ти то остане у мислима, бар то памћење нека буде сећање на овај сусрет."

На крају лажи, када је све пало у воду, започела је дуго бекство. Један тренутак, невидљив и неосетан догодио се.

Плашећи се сопствене сенке која је ходала, за њом, скривеног лица, улетела је у први следећи аутобус у одласку. Било где, било куда, до краја света, једина њена мисао, нагон за одржањем. Само побећи, са завежљајем најнужнијих ствари, нешто мало новца и са прегршт авети у очима.

Звук мотора који је значио покрет, споро пузање празног аутобуса, мрак испред, мрак иза, мрак који плеше, као и страх. Страх да из скривености не искочи и шчепа је, неко, неко преварен, неко ко је поседује, неко ко дели сурове лекције и учи о „животу".

Затворила је очи, не жели их отворене, у невиђењу свега, бројаће, мериће време, тек када буде сигурна отвориће их, погледаће уназад, где се назире блештавило непостојања.

Колико траје бекство? Први корак у њему. Корак довољан да се разлије и не постоји. Минут? Неколико минута? Недосањани брзи и кратки сан?

Будила се, отварала је очи, уплашени поглед. Исцурило је довољно времена, храбри себе. Сада ће поново заспати. Нестао је најтежи облик тежине.

Више се нису назирала светла, празан, мрачни друм, друм слободе. Заспала је.

Дубоки одјек тишине се разлегао. Понављао се ритмично, у правилном циклусу. Ширио се одјек, равномерно, на све четири стране простора. Трајао је, постојао је, био је тих и јасан.

Лежао сам, био сам умртвљених покрета, био сам поспан, мртав и жив. Нисам се померао, само сам испуштао правилно дисање, знак живота који се стапао са звуком тишине. Сат се није чуо, није одјекивао и нервирао ме. Није нарушавао празнину и тишину. Владао је складан поредак наметнутог немира.

У буђењу, попут светлости израњала је... Мисао. Знак живота и постојања. Свидело ми се то што сам помислио, знак живота, јер предуго сам био мртав или успаван. Неко или нешто, не раздвајам бића и небића или предмете, постојало је у том тренутку. Подељена сенка, привид или постојан лик? Појавило се и нестало је присуство. Не брзо, можда је и постојало и заузело постојање у трајању неког времена.

Не сећам се који је сат складног немира био. Чули су се звуци који су будили тишину, нарушавали дисање, све у правилном ритму. Блесак није сијао, треперио је, као откуцаји времена...

Путовање из међувремена, лутало је, подизало се као талас и одбијало о мене. Од почетка до краја, између, у, и тако или... Неправилни облици, налик словима, као пара која се није згуснула покушавали су да се задрже. Да се увуку у поглед.

То нису биле речи, поруке, ништа од тога. Нејасно ми је, капи које падају на под, не нестају, лепе се и остају, на површини, у пукотинама у…

Пожелео сам да одем. Са собом сам понео стари кофер, увукао сам се у блатњаве ципеле, сасвим спреман за путовање.

Везао сам одвезану пертлу, десне ципеле. Данима путујем и тек сада сам приметио да ми развезана пертла успорава ход. Док је везујем, одмеравам растојање, али испред у даљини блискости не назирем крај пута. С муком се усправљам, осматрам све око себе и не видим.

Око мене се тискају људи у журби, нека лица су ми позната, помислим да то је лош знак. Нисам препешачио замишљено, жељено и... Видео сам та лица и јуче, видео сам их и у неколико пређашњих дана. Сећам се да скоро увек круже око мене чак и када се спремам за сан.

Ципеле, привлаче ми пажњу, не знам зашто. У судару погледа њих и мене чини се да нису моје. Моје су! Покушавам да охрабрим себе и повратим веру. Настављам мисли, али опет оне, ципеле у мојем оштром погледу. Прљаве су, не препознајем их. Истина не жуљају ме, пријају ми. Моје су?

Кофер, отварам га, нешто ми је потребно из њега и отварам га усред пута. Празан је, само неколико исцепаних папира, није мој кофер!? Али прија ми у руци, лепо ми пристаје док га носим, мора да је ипак мој. Ко зна зашто сам заборавио да у њега ставим разне ствари. Вероватно су ми непотребне. Ови папири, они су све што ми је потребно. Ипак је то мој кофер.

Не осећам, а мрак је, а не осећам. Нисам приметио, људи се и даље тискају око мене, журе некуда.

Препознајем лица, неколико њих баш добро памтим, познајем их. Збуњен сам, та лица била су у тренутку иза, у јутру иза, у претходном јутру? Одспаваћу, умор на који сам заборавио, обара ме. Наставићу пут...

Заљубљена је у свој кутак, никуда не излази, у стању је да данима само посматра и ужива. Ужива у мирису патине, срце јој је испуњено, сигурна је да је донела најбољу одлуку живота.

Машта, кроз машту призива мирис угушене прошлости, позива је у посету времену сада. Посматра, додирује књиге, полице, упија мирисе. Свет је сада њен!

Будећи се из кратког сна, око вођено мирисом, дотакло је... Хитро устаје, узима пожутели коверат и...

Обрисана прашина није избрисала... Пожутела, деценијама стара... Неки изгребани ликови... Сада је тужна, болно размишља и сећа се, колико беса и... Неко је имао најснажнији бес.

Поглед се лепи, за неколико пута пресавијени папир, једва га раздваја покретима. Знатижељна је, ово је изненађење, испод патине спава нешто, она то буди.

Цртеж. Нека млада жена лица прекривеног коврџама, држи у наручју дете... Ко је она, прва је мисао. Да ли је стварна, да ли постоји или је постојала? Следећа радознала мисао, откуда овде, неко је све оставио као болну успомену, бежећи од ње. Нема потписа, непознат аутор или је смишљено уклонио траг, да се никада не сазна... Неко није желео да се запамти чин.

„Био је љут, али не и деструктиван, изгребао је поглед, оставио је цртеж”, постављала је себи питање и одговарала у исто време.

„Узећу је. Мени припада. Чуваћу је као најдражи, тужни дар... Нећу дозволити да...”

Спава, на грудима, заштићеним рукама, у одбрани од невидљивог, чува...

Снажан, непријатан ветар наносио је кишу. Лишће се лепило за обућу. Водене капи су се сливале низ лице, снажно, једва сам кроз поглед назирао правац хода, склањао поглед ружноће која ме је обливала. Убрзавао сам ход, кроз натопљену стазу, само да што пре избегнем дивље возаче у суманутим покретима и вратоломној вожњи.

„...одвратан даннн...", јетко сам процедио кроз зубе.

Мокар и упрљан, лежао сам, без воље да скинем одећу и обућу са себе. Ледени ветар, киша која не престаје, извукли су и оно мало скупљене снаге, потискивали су ме у мокри сан. Ћутао сам понављајући мисли, све окупане у прљавој уличној води, мисли изнете пред отворено небо. Понирао сам у сан и нагло се будио, изнова и тако ко зна колико пута. Требало је да се осећам немоћно и бесно, али нисам био бесан. Ништа ни налик огромном бесу. Ништа од љутње и беса у беспризорном следу догађаја.

Иза, био је само још један, празан дан који је употпунио малодушност, пробуђену из разливеног ништавила. Прескочио сам дан иза себе, отпловио сам у неколико претходних. Чудни дани, велика усхићења, мноштво клизавих покрета и падова.

Позната и поновљена стања, непрепознатљива препознатљивост, парадокси који су у најезди... Лепе ми се непознате мисли, загонетне, наслућују се неодиграни догађаји?

Бежим у стварни сан, он је једино привидом обликовано стање, бекство из и од бесмисла.

Призори упечатљивог, буде ме и враћају ме у сан, или нешто налик њему. Не опирем се, први пут ни у мислима се не буним.

Путовање кроз маглу, између сенки, кроз призоре срушеног. Можда је и лет? А лет је ослобођење? На тренутак успевам у немогућем, побегао сам тако далеко, да се осећам слободним. Измакао сам свим замкама, призора ништавности, лошим оловним мислима.

На граници пада, нека крила су раширена и носе ме.

Пробудио сам се, истински, осећао сам да је време истекло, осећао сам лакоћу мисли...

Посматрам собу, соба која је била...

Соба коју назирем...

Будила је његову ватрену слуђеност. Иза скривеног погледа, уживала је посматрајући малу драму, бујицу неконтролисаних покрета, унезверене погледе и све мале, невидљиве призоре.

Он се померао, на једно, друго, треће место. Нестрпљив, као на иглама, патетичан у мимици, сломљен у покретима.

Зурио је тупо и одсутно. Кроз мрак, његов поглед, допирао је само под једну, једину тачку. Убеђивао је себе да зна, да негде...

Она је ту. Потпуно невидљива. Чека, одлучила је да игром дође до новог облика. Она жели, она је одлучила да допусти.

Пробудио се, осетивши, оштар и прекоран поглед. Нешто треба да изговори, да се обрати празном простору, испуњеном? Збуњен је и сада после много пута поновљених речи, речи које се спремао да изговори, он се не може сетити ниједне.

Он је изашао, она је остала. Данима је долазио, седео на истом месту, посматрајући скоро исту тачку у исто време. И празнина простора приметила је његово чешће и постојаније присуство. Ћутала је, њој је забрањено да потврди сведочанства сусрета. Она је неми сведок.

Најзад, преплављена празнина мрака, постала је опсесивна. Гушила га је и није му дозвољавала тренутак празних мисли. Почетак, може почети завршни чин. Портрет месечеве тамне стране, облика.

Сати су пролазили. Ћутали су. Она у сјају таме, у раму погледа кроз окно у ноћ, он...

Није се могао сетити краја. Правдао се себи, великим премором. Памтио је тишину и...

Јутро је, он... ишчекује ноћ.

Под тешким оловним облацима, испод густог смрзлог мрака, на додир руке од плафона који се благо таласао... Нешто се приближавало глави, наслоњеног тела у столици.

Плитким удасима мерио сам нестајући ваздух, који је бежао кроз поре зидова и изливао се ван. Нисам био уплашен, нимало панично није изгледао чин нестајања ваздуха, који може значити једно, скору и сигурну смрт. Посматрао сам игру невидљивих покрета и одраз нестајања невидљивог. Понављала се чудна слика и то није први пут да се одвија игра, звери и плена. Скоро увек сам натеран на страх, али сада нисам устукнуо. Нисам уплашен, ћутећи потврђујем себи стање у коме сам.

То су поновљене радње, препознатљива игра, могуће смрти и привида.

„Он је баш 'вредан'", изговарао сам једном од својих ја, која су се окупила. „Ништа он не „ради", али је вредан", поновио сам измењену исту реченицу.

Он је, поиграва се, плен сам ја, али мој страх је умро, па ни плен не постоји. Чврста мисао ме није напуштала, а мисао је ослобођење од паничног грча.

„Зато сам и жив", гласно, најгласније сам узвикнуо. „Нека је то и привид, али жив сам и то га нервира." Поносан на овакве речи, погледао сам неколико својих ја, која су ми ћутећи одобравала све изговорено.

Испред мене, на столици са тамне стране стола седео сам ја, онај најсличнији мени. Осмехивали смо се један другоме и помало радовали изненадној победи. Призивали смо и остале ја да се искраду из скривености и приђу нам.

Сласт победе, тренутак памћења, пресечен је изненадним и убрзаним дисањем. Изненадни немир и премор обузимали су ме, немир надвлада побеђени страх и соба, која се вртела, одједном нестаде у погледу.

Ја ме будио. Гледао сам га са пода, непомичан, лежећи. Испрва помислио сам да је опсена и да се он вратио, али... Пријатељски глас, охрабрио ме, познајем облик, препознајем глас. Ја и ја...

Киша, сивило, неизвесност и празнина. Бескрајно ишчекивање звука звона, најчешћег посетиоца бескрајне тишине.

Несигурност и стрепња, још један закључани дан у заточеништву тескобе. Скривена је иза чврстих врата, иза илузије да су она бедем који ће је заштитити.

Стаклена моћ пала је и распала се у праску. Она то зна, као што зна да следеће је завршни чин.

Сада није џелат искривљеног осмеха, сада је уплашена девојчица, окружена мраком и његовим „играчкама”.

Нечије куцање буди одсутност. Стање замењује избезумљеност, слути, зна да то је он. Косач илузија, дошао је. Ћути, ставља руку на уста, не дозвољава крику да крикне, гуши га.

Поновљено куцање, неко је упоран, мора му отворити. Одлаже тренутак и... Непозната прилика у погледу је, не познаје га, губи свест.

„Да ли сте добро”, добродушни поглед је посматра у буђењу.

„Мислила сам да сте...”, испрекидано, несигурно, не успевајући да доврши питање.

„Куцао сам, врата су била отворена и онда... Баш сам се уплашио када сте се онесвестили. Молим Вас, опростите ако сам Вас уплашио”, извињавао се непознати човек.

„Све је у реду. Ви сте дошли да...”

„Да, ја сам дошао да заменим сијалице, рекли су...”, али заустави се и не доврши реченицу. Она је изгубила свест и напросто пружила се на под.

„Боже, шта је овој жени? Као да сам...”

37

Оштар, равничарски ветар разносио је капљице зубатог сунца. Досадан дан док цури рано подне у ишчекивању краја рада. Ни то је не радује, када исцуре последњи минути, следи повратак, назад у уобичајеност и досаду. Помисао на њега најтежа јој је, то је кап која јој сваког дана прелива чашу. У мислима које вешто скрива, прижељкује, не изговара, али прижељкује. Жели да се све разлије.

У бекствима тражи лек, за бол неподношљиве досаде. У скривању пуца, плаче, пије тешке пилуле. Када је сама, огољена и слаба, у украденом времену где само је она и једино она, коју познаје. Иза тога, само је свет златних кавеза и слатких илузија.

„Титаник”, прошапутала је. „Титаник изгубљених, попут мене. Неко ми пише, у очајању и нади... У свету илузија... А и ја сам део тог света...”

Неколико треперећих порука, будиле су је из одсутности. Замишљала је како, неко замишља нешто са друге стране. Одлучила је, закорачиће у свет за који није знала да постоји.

Горућа нада буди је, подиже све, замишља уживајући, замишља... Осмехује се свом одразу, постиђена је и незрела... Пушта боцу у таласе, одговара и...

Пробуђени дани нестајали су у ишчекивању. Оде величања, нахрањена гордост, дизали су је на облаке. Празнина је прогутана у најезди непостојећег стварног. Знак постојања ње, светлео је у покрету, говору, сигурном ходу. Слепи сусрет, зацртан у магновењу и обећање...

Нестала је. Нема је.

Хладан ветар, брисао је све пред собом. Наслоњена на прозор, испијајући топли чај посматрала је смрзнуту панораму лепоте опустошености. Срећна је, себи је говорила да је срећна и осмехивала се на изговорено. Избрисала је све трагове сивила. Маштала је довољно да употпуни сопствену радост.

Из ужитка посматрања, пробуди је тихо куцање.

„Добар дан, докторко. Извините...", обраћао јој се болничар.

„Све је у реду."

„Имамо у ходнику једног човека, смрзнутог и понашања..."

„Уведите несрећног човека", брижно је изговорила пошавши за болничарем.

Испред ње, у колицима, везан је седео средовечни човек. Није отварао очи, израз лица био је израз бесног човека. Човека који је упао у замку. Израз превареног. Тело му се надимало, било је бесног облика и израза, а каишеви који су стезали покрете, израз су крајњег понижења. Није одговарао на питања гласова који су кружили око њега. У тренутку, дечје у љутњи, стезао је и усне, као знак да неће одговарати на бујицу бесмислених питања.

„Желим да Вам помогнем", тихо му се обрати, као да бира речи и тон којим изговара. Пажљиво да не изазива његову даљу љутњу.

„Нећу да говорим. Није ми потребна помоћ. Ништа не желим", скоро дрекну непознати.

„Само желим да помогнем, молим Вас, реците ми било шта, али ми се обратите. Учините толико."

„Мрзим ветар равнице, преливен капљицама зубатог сунца!"

38

На левој страни стола, била је нанизана гомила ништавила. Чинило се да ће пасти и расути се по поду, направити неред. Обема рукама придржавао сам кулу да се не сруши, придржавао сам то драгоцено ништа, сведочанство постојања.

Невидљиво ништа, скривено под прашином и мраком. Нешто? Назирало се испод гомиле. Нисам обраћао пажњу, то нешто, огромно ништа у мислима, погледима, сећању. То нешто, будило се, гмизало, као змијски сан у отвореном погледу? Заборављено, одбачено, нежељено...

Са леве стране, из куле која је ницала, исијавало је ништа. Блештало је у тами. Мучи ме мирис. Опседнуто изгледам, прстима пуцкетам да бих се пробудио, нешто тражим по столу, додирујем...

Десна страна стола, плеше. Извија се и подиже од ослонца. Скида маглу, исијава до ватре.

Ходао сам, нисам ходао. Имао сам осећај да ходам или је то илузија да постојим. Посматрам свет, обрисе запамћеног света, кроз једва видљиви прозор поглед ми допире до краја видљивог, до преваре испред погледа.

Себе сам закључао, у омеђено пространство, сасвим добровољно, под присилом спољашњег. У ум сам закључао мисао да сам добровољно пристао на наметнуто и да је то мој ненаметнути избор. Живео сам и живим тако.

Понекад се искрадем пред буђење дана, одлутам. Бројим искрадања, мерим сопствену храброст да се суочим и оснажим себе. Чувам памћење, не дозвољавам да се угаси последње сећање.

Правио сам неразумне изборе, мењајући ток и правац покрета, желео сам да заварам недобронамерне. Веровао сам да успешно скривам сваки траг.

Трагове сам остављао на смрзнутој земљи, у поквашеној трави, под маглама последњих даљина. Бежао сам и до мочваре, до последњег видљивог облика.

Живео сам у тескоби сопствене слободе. Наставио сам даље. Бројао сам изгорело време, пребрзо угашене дане. Бежао сам са пригушеним бесом и плесом отровних убода.

Пронашао сам стварност? Магла над мочваром, све илузије су испариле и постале магла.

Испред мене најдивнији призор стварности. Сурови призор нетакнуте лепоте другачијег погледа. Језа која се буди.

Осећао сам се жив, ма како то будаласто звучи. Стваран сам и жив, на месту где се то не види.

Мирисао сам сабласни ваздух, упијао маглу у раширени поглед. Скупљао сам музику језе и сачувао призоре нетакнуте пустоши.

39

Дубока ноћ је спавала, прекривена пахуљама. Мрзле су ми се ноздрве док сам удисао зимску свежину. Одуговлачио сам са повратком у скривеност, поклањао сам себи, пријатност усамљености под белином.

Она се вешто провлачила између омамљене гомиле која је журила у свим правцима. Хипнотисана гомила, коју храни илузија догађаја, опсена „прослава", лаж наметнуте раздраганости. Пролазила је кроз погледе, не обраћајући пажњу, она добро зна да све је препуно туге и усамљености. Овај мравињак који је увек у покрету, полуди „славећи" све могуће имагинације. Хитро се искрала и нестала из дана који умире.

Посматрао сам звезду. Поглед се скоро прилепио уз њу. Чудна звезда, никада виђена. Сигуран сам да се никада није појавила, добро памтим поредак светлих мисли на небу, познајем сваки путоказ, али њу никада нисам видео.

„Можда ово и није звезда", гласно сам избацивао мисли и хладноћу. Помислио сам у следећем тренутку, да облик који назирем, личи на испружене руке у чекању? Та помисао, та посебност одсјаја као да је порука и није узалуд да тако дуго одлажем повратак. Знак. Посебан знак.

Пратила је покретне слике, ко зна који пут у поновљеном посматрању већ виђеног, поновљеног у бекству од људи. Осећала се празно, све то било је и теже, у омеђеном простору у рутини понављања празног времена. Утеха је да је сама, не мора поклањати изнуђене осмехе, не мора гристи усне да спречи јауке, не мора трпети простоту у проласку којој је простор имитације, успутна станица. Заспаће, нека сном започне крај и почетак.

Желео сам да угасим дан. То ћу и учинити. Прескочићу непотребно и избледети себе до невиђења. Остаћу у таквом стању и облику, до буђења наредног дана.

Приљубљеног лица уз прозор воза, посматрала је смењивање призора. Хиљаде пута, одлазила је и враћала се, пролазила и посматрала све што сада види. Али увек, ометана неподношљивом гужвом није успела да запамти слике у погледу десно или лево или у обрнутом току. Сама је и слободна у огромном вагону. Уживаће у путовању и препознавању. Урезаће сваку слику у сећање. Понеће све што је пролазило неопажено. Посебан је дан, само њен. Осмехну се на пролетелу мисао, да негде неко сличан њој, бежи и враћа се, скупља прегршт успомена. Види изгубљену слику, послаће свој осмех, кроз облак, са капима...

Осећам се изнова рођен. Ослобођен. Један сунцем окупани дан, тачније јутро, сасвим довољно да мами осмех.

Срећан сам, избегао сам вешто замке, одсањао два сна, сада одморан, пун живота... Послаћу осмех, нека путује кроз облаке, кишу, вејавицу, нека се ушуња у неку боцу и нека заплови.

40

Ја нисам био ја. Он је био ја, а ја нисам био он. У зачећу настајања мене, он је већ одавно рођен. Мој плач и отворени поглед за њега су били смешна игра одрастања. Он је ходао, скидао звезде и сањао.

Кораци тик крај мене, били су кораци испред. Знао сам, да не знам и сигуран сам да нисам знао да ја нисам ја. Само сам носио тешке ципеле уместо њега, живео сам сопствени живот, који није био мој. Трајало је, све док он није одлучио да ме пресретне у бесциљном лутању и судари се са мном. У гомили празнине, грубо ме је одгурнуо, скоро бацио на шине напуштене пруге преко које сам прескакао. Силно и грубо притиснуо је моју главу на труле, дрвене прагове. Под теретом снажне руке, непомичан посматрао сам и ослушкивао. Био је грубљи на сваки мој слаб покушај бекства, бесом и силом, неконтролисане снаге, уверавао ме је у траг непостојања.

Мирисао сам одлазећу празнину, ослушкивао сам непостојећи звук и када је био уверен да сам научио лекцију, испарио је ослобађајући ме. Не сећам се куда сам отишао. Памтим и сећам се најневажнијих догађаја, али те вечери се не сећам. Ни призора догађаја се не сећам.

Испарио је мирис, избледело је видљиво, ни метални ни камени укус земље нисам осећао у устима. Тај догађај, није се догодио?

У времену које је све угасило, све сам заборавио. Баш као што се заборави непријатни тренутак који не желимо да се врати. Ходао сам, живео сам, остављао сам трагове у прашини. Истргао сам сећања.

Негде дубоко и скривено, слутио сам да нисам ја иако сам носио облик рођеног себе. У забораву, заборавио сам да он је ја. То нисам смео, прешао сам границу коју ни у најсмелијим сновима нисам смео прећи.

Корачао сам и закорачио сам. Кораци у поновљеном ходу... Ја нисам ја... Изненада ме обори олујна празнина простора. Покушао сам да устанем, узалуд. Чуо сам уздах, можда глас који започиње реченицу...

Лежао сам без снаге, а свестан, најтежи могући призор беспомоћности и очајања. Све се чинило стварним, без трага илузија. Ја који нисам ја на поду, и стварни свет илузија који ме притиска.

Моја глава, у следећем тренутку, била је прилепљена уз смрзнуту земљу... Ослушкивао сам у суженом погледу, покушавао да назрем... Путоказ до знака...

Ја нисам ја, као такав не могу живети у незнању. Не могу мислити да све ми припада што моја је помисао. Кораци, ослушкујем их... ОН је ја, долази...

Тишина буди ме. Није време за буђење, мрак се прелива, али ја сам одморан, наспаван. Ћутим, као и увек, а тишина испуњава собу и за собом оставља хармонију, ону за којом чезнем.

Кроз неосветљену собу, плове зраци који улазе кроз широм отворени прозор. Сливају се, сливају се поруке, с лева на десно, од угла левог ока ближег окну ка десном.

„Неко жељно мисли о мени", помисао је коју шапућем. „Неко се увлачи у ум и греје ми срце, ко је то?"

Склањао сам поглед у стиду, због изненадног и пријатног сусрета са сном. Заспао бих, опијен мирисима сна. Да сном сачувам овај јединствен тренутак.

Немирна тишина, мелодије буђења, расањивала ме је. Време је да устанем, да радосније закорачи у дан. Жели да се искрадем и побегнем у сусрет...

Низови испуњене невидљивости клизили су. Збуњен сам, ово не може бити случајно. Одједном, мој ум испуњен сумњом проговара.

Покушавам да дотакнем...

Назире се... Сада сам збуњен, много збуњен, зебња се надовезује на сумњу, немогуће је да тако дуго... Време између два буђења... Не могу предуго бити раздраган.

Крај је близу? Увек се плес среће заигра. Постаје самообмањујући, увек када претходи...

Његов изненадни долазак, био је буђење њене беспрекорне скривености која се претварала у чулну, омамљиву и дивљу реку. Одсјај изгубљеног лица, портрет који недостаје. Он ће слушати и упијати, све неиспричане скривености. Он је огледало у којем ће се разоткрити њена страст и дивља жеља. Он је тај, који ће саслушати све без страха од изговореног. Сву прећутану тескобу.

Вешто га је мамила, постављајући невидљиве замке, пажљиво и испланирано до танчина наводила је на дозвољене мисли. У разумној учтивости може да пита... С времена на време, пробудиће његову залеђеност, откриће скривене призоре.

Знала је да је он тај, коме је све. Да други избор у његовом уму не постоји. Он је трон, на коме она седи и посматра свет под ногама.

Долазила је изненада, у налету гордости, уносила је немир и пустош и одлазила је. Враћала се у свет, смерне преваре.

Тупо је зурио. Посматрао је разголићену страст у недостатку стварности. Призоре који су били потреба као излаз. За тренутак, имитацију, за сећање. У часу, склоном паду, призивао је.

Препуна слатких фраза, више нису била ни лажљива обећања, само насумице изабране фразе.

Нестала је скоро сасвим, на једва видљив додир погледа. Оставила је могуће, да се понови, разлије капи, плеше пред погледом или...

Кретао сам се ка вратима иза којих је био пут у... Свет постојања и најмањег нечега, дрвеним вратима био је чврсто одвојен од света непостојања и света обиља свачега-ничега. Ваљда је то био тренутак беса или можда светлих, прочишћених мисли. Свако би могао описати своју причу у рашомонској збрци. У тренутку беса или светлих мисли, једним покретом, избрисао сам покретне слике трка чопора хијена. Предуго су ме прогониле жељне исцуреле крви у издисају. Предуго су испуштале неподношљиве крике и разносиле смрад и отров.

На углу улица, са зида кезио ми се привид. Велико платно привида. Није то ништа посебно, навикао сам се.

Хитро сам измицао, максимално сређених мисли, трудио сам се да избегнем било какав сусрет. Мимоилазио сам препреке, био сам невидљив, скривен у покретима. Бирао сам само заборављене улице.

На брисаном простору, на неколико десетина корака... Требао сам најбрже претрчати раздаљину до старих крошњи. Успео сам, ја кап у мноштву, постао сам ја.

Одужио сам покрет, понављао га више пута. Проширио сам круг и најспорије трошио време. Сваки тренутак који ме је сустизао, брисао сам. Чинио сам све, да призовем потпуни мрак, да ме прелије, претвори у део себе, у невидљиво ја.

И најмањи звук, за који бих посумњао да је глас циркуског разгласа, терао ме је да бежим у правцу супротном. До замишљене тачке даљине. Узалуд, поновљене поруке, вијугале су кроз траву за мојим корацима, као уже за хватање звери у бегу.

Враћао сам се, прекривен мраком, још стотину корака или мање, пријатно истрошен, заспаћу...

Звер не мирује. Раширене чељусти звери између два дрвета у паду, лик пајаца који се кревељи... Хтео или не, морам запамтити лик пајаца, понети у погледу призор, као свежу опомену.

Задихан, у бегу од пајаца, иза затворених врата, најзад осећам сигурност. Иза врата, која су раздвајала свет постојања и...

То је био тренутак који је предуго трајао, између два века. То је био тренутак најкраћег трајања. Између светлости и мрака. Између два постојања у сусрету. Тренутак могуће одлуке.

Мислио сам, да једна, пажљиво изабрана реч је довољна. Преварио сам се, одбила се као талас о стену. Уз искривљени осмех, скривено одбијање. Устукнуо сам, несигурно и уплашено сам се повукао.

На следећем кораку кривудаве стазе, помислио сам да елегичан поглед, може изазвати немир? Променити унапред изабрану одлуку. Испарио је и пре покушаја.

У трагању за другим лицем ње, окренуо сам се, покушао сам да ходам низ црвоточне степенике, кроз нагрижену буђ излаза. Да ходам куда побеђени ходају одлазећи у скривеност.

„Одлазиш тек тако”, прекасно изговорено питање које је више било израз уобичајености.

Ћутао сам, није било потребе да себи одговарам у ходу низ црвоточне степенике.

„Срећан пут. Не знам шта бих друго могла рећи. Одлучио си и...”, одјекивао је ехо јефтиног.

Кроз устајалу воду, газио сам у једином могућем правцу. У правцу споредног излаза.

Пажљиво сам крочио на улицу. Посматрао сам правац лево, правац десно. Неколико минута поглед се смењивао низ бескрајну, празну улицу. Из подрума сам изнео наслагане успомене. На улици, у стајању и ишчекивању да кренем било куда, посматрао сам наталожене знаке. Брисао сам прашину коју сам са собом понео. Био сам сетно испуњен, све драгоцености су ту, нисам их изгубио.

Корачао сам, уживао сам у мирису сећања на дане који су угашени. Ходао сам по развалинама стварности. На лоше и ружно, мој поглед је испуштао мирис, рађао цвет. Нисам се освртао.

Сасвим мирно, пробијао сам се кроз изникле појаве, заборављајући на остављене развалине. Осећај да носим наталожена сећања, био је моја снага.

Стигао сам до последњег бедема. Осећам да више не постоје истрошена обећања и правдања.

Предуго и превише је трајало. Дрекнуо бих на сав глас, избацујући радост олакшања. Посматрам себе у одсјају вечери, у одсјају хода по развалинама.

Препознајем лик. Исписујем нешто. Речи? Не нестају, забележене су, лете.

Предуго и превише је трајало. Понављам ретку мисао, урезану...

На крају пролећа, у сасвим обичном дану она је киселог осмеха закључала речи. По ожиљцима изневерених осећања пливале су страсти. Одолевала је бујицама. Још јуче сама и без наде, а сада, средњовековна игра путујућег глумца у ритама.

Знала је да мора доћи час, он постоји и ако у страху побегне, можда никада... Чине је срећном те луцкасте ситнице, две сенке у заносу. Безбрижне су у њеним мислима, погледу, у скривеном осмеху.

Са ногама у плиткој води која плови ка ушћу, све је довољно за украдену срећу. Погледи, прострељују се, осмехују се, неконтролисана разузданост је около.

Јесен је почињала раније, са кишом, како другачије. Није узмицала пред украденим светлим данима. Била је тешка, препуна наталоженог греха и сећања. Била је и сурова. Суровост се низала кроз дане у огољену стварност и непостојање. Све је живело без страсти, живота, било је живо, а мртво.

Повремено да се не угаси, засијала би бледа искра, осветлела би собу прашњавих фотографија.

Отапали су се снегови, зубато сунце одавало је привид, грејући смрзнуту земљу. Будиле су се на махове и залеђене душе, смрзнута лица. Његово лице личило је на грубо клесани камен, њено на изнијансирано сивило у покрету. Прегршт варки.

Пролеће је било варљиво лепо, топло и пријатно, али цветови који су се рађали нису имали мирис. Све је личило на напуштени озидани кавез, тесан и тежак за постојање, у проклетој авлији.

Није назирао сенку која је долазила. Није га препознала у погледу досадног ишчекивања. Мимоилазили су се у извештаченој пристојности, размењивали су усиљено љубазне речи...

„Дан за умирање”, одјекивало је у смрзнутом јутру. Говорио је комадима леда који су се сударали у реци. Птице су летеле у ниском, страшљивом лету... У неподношљивој тескоби тела, испод оловног јутарњег неба...

Скидао је ципеле, за боси ход по леду. Десетак корака, мало више... Заронити испод леда, пробудити се у буђењу...

47

Виктор-ја и ја-Виктор седели смо ћутке и безвољно смо радили. Он је посматрао највишу полицу у простору. Његов поглед био је као убод ножа, у једну тачку. А затим би тај оштри поглед кратко корачао по зидовима.

У успаваним мислима, одбројавао сам време до краја празног путовања. Спреман да изјурим најбрже чим сат откуца време краја.

„Да ли чујеш шта говори", упитао ме је В-ја.

„Не. Ко говори? О чему се ради", збуњено сам га погледао.

„Ова луда која је сада, прошетала између нас. Виче као суманут. Немој ми рећи да ништа ниси чуо? Спаваш?"

Апсурд и... Сигуран сам да сам све време био присутан у видљивости. Могу да се скоро закунем, да сан ме није савладао. Под претњом смрти, заклео бих се да је моја мисао истина. Ћутао сам, на подсмешљив поглед њега, којим је желео да ме направи... Да се налазим у чудном стању и да...

„Прострелио си га погледом", настави да приповеда В-ја, познати глас мог свакодневног сусретања у простору.

„Још са врата, почео је да прети, а када се сусрео са твојим погледом, занемео је", настављао је своју причу.

„Хвала ти што си га препуног страха погледом извео из простора..."

Ништа ми није било јасно, али са осмехом одсутности одговорио сам на његову причу. Наставио сам да сањарим и ишчекујем.

Неколико сати касније, у спором ходу по танком снежном прекривачу, осетио сам збуњеност. Чинила ми се непозната стаза којом ходам. Можда сам превише празно уморан и можда сам залутао? Можда хладноћа која брије, све ово претвара у парадоксално? Покрети су неуобичајено тешки, спори, чак неконтролисани, стаза непозната, а чини се да препознајем је или...

Шта је овом дану? Пре неколико сати прекид и непостојање, сада? Убеђивао сам себе, вољом овај сплет нисам тражио. Стао сам и укопао се у плитку рупу. Ни корак даље док себи не изговорим одговор.

48

Тај дивни осећај, малих радосних ствари. Протезао сам се, исправљајући пробуђено тело из сна у путовању аутобусом. Желео сам да дотакнем пријатно јутарње сунце, удисао сам свеж и пријатан ваздух, новог јутра у непознатом граду.

Још једна станица, у низу поређаних у годинама које сам оставио иза себе. Ту сам и не знам до када, али нека буде као и ово јутро, које наговештава лепо.

Прошетаћу, одложићу одлазак у нови стан. Посматраћу лица и погледе људи, негде ћу попити прву јутарњу кафу.

Иза погледа, испијајући кафу... све има почетак и крај... Уколико постоји, а мора да постоји почетак, крај је логичан завршетак круга. Али то су два тренутка, две тачке које трају и...

У том простору и времену, обојеном свим бојама, одвија се све што износимо на длановима, у мислима, у претпоследњем тренутку као казну или спасење.

Иза погледа... понављао се већ много пута поновљени филм, сенка која тумара по добро познатом мраку и бескрајно ишчекује.

Свега јој је преко главе, осећа се одвратно и тескобно, и из таквог стања, сваке вечери у исто време, понавља поновљено, призива неодазвано.

Седи, ћути, нервозним покретима сукобљава се са... На крају одмахне руком и устане. Све то понавља у кратком или краћем покретању непостојећих слика и оде.

Свако вече, без обзира на призоре, у истом тренутку, изгуби
се и нестане иза последњих крошњи старог парка.

Најзад, у одлаганом тренутку, дошао је и он, уобичајен и званичан, тренутак да дође у своје ново уточиште.

Позвонио сам како никога није било у просторији која је ваљда била рецепција. Док сам чекао, посматрао сам оно што се оку уобичајено појави, слике на зидовима, прозоре. Мерио сам дужину и ширину простора, сасвим уобичајене појединости.

„Добар дан", пријатан глас приближавао ми се.

„Добар дан, Виктор", одговорих пружајући руку отменој жени средњих година, „ваш нови станар. Надам се неко дуже време."

Није одговарала на моје представљање, улазећи у суседну собу, тражећи нешто. Посматрао сам је и одмеравао, први утисак је да изгледа млађе него што јесте, да је лепа била и да је та лепота из младости остала.

„Ирена, опростите што се нисам одмах представила", осмехну се и пружи ми кључ, „број 18, соба број 18, на другом спрату. Желим Вам пријатан боравак."

Учинило ми се, да је можда желела изговорити још неку, уобичајену реч која прати добродошлицу, али је застала.

Љубазно сам се осмехнуо, узео кључ и најзад, после путовања, обрео се у свом боравишту.

Дани су пролазили и динамичније него што сам замишљао свој боравак. Осећао сам се пријатно у испуњеном раду, слободно време користио сам у шетњама, једно сасвим ново и другачије искуство.

Власницу апартмана сретао сам у пролазу, уз осмех уместо поздрава или неколико љубазних речи. У неком прећутаном договору, нисмо ометали једно друго, она је живела своје дане, а ја сам се дао на посао.

Осећај не вара. Негде у дубини душе, очекивао сам да после претрчаног времена, потрошених дана и видљивости, мора доћи тренутак макар и...

„Опростите”, чуо сам глас, глас за који сам се надао, да ће ме једног тренутка зауставити на вратима када се искрадам. „Желела сам да Вас понудим кафом, ако не журите?”

„Да, наравно”, прекинуо сам обострану збуњеност.

„Вечерас није гужва, завршила сам све послове и опростите, пожелела сам да са Вама попијем шољицу кафе. Већ неко време овде живите и ред је да се упознамо”, скоро стидљиво изговарала је.

„Наравно”, застао сам збуњен изненадним позивом који сам прижељкивао. „Јако је леп и пријатан град. И Ваш апартман је предиван, мирна улица, морам признати да уживам све време. Са Вашом мајком сам причао о послу...”

„Моја мама понекад воли да гњави госте, Ви сте јој симпатични, смешно гњави оне који су јој драги.”

„Ваша мама је пријатна жена.”

„Сигурно је нашироко и надугачко причала”, више као да поставља питање у знатижељи, него као потврду да је изговарала.

Осетио сам да није тачка на којој разговор треба да се настави, и вешто сам окренуо причу у другом смеру.

Пријатан разговор, претворио се у дуже ћаскање, где смо обоје заборавили на време и сутрашње обавезе.

„Извините што сам Вас предуго задржала, имам једну молбу, ујутру ако желите, спремила бих Вам доручак. У 7? Може...”

Осмехом сам потврдио, да ћу испунити њену жељу...

Две прилике, једва видљиве у мраку, седеле су на видљивој удаљености.

Некоме ко би посматрао призор, могле су личити на љубавни пар који је, скривајући се од људи, побегао у тишину.

Она је седела са леве стране, на крају клупе, незаинтересована погледа кроз мрак. Он је седео на другом крају, погледа испред себе у земљу. Нешто је као за себе шапутао, можда певушио.

Мирис тескобе, раздвојености пливао је кроз прохладно пролећно вече. Неприродна тишина двоје, мрак и две сенке, идеално испуњен цртеж празнине.

Устала је, руком нешто показала. Он није одговарао речима на покрет. Она се удаљила до првог лампиона, погледала вештачку светлост изнад себе.

Он је устао и кренуо десно од светлости испод које су плесали инсекти.

Доручак је био постављен. Весело ми се осмехнула ишчекујући мој долазак, показујући осмехом посебност, мени незнану посебност овог тренутка који је започињао.

Морам признати, да сам уживао у укусном доручку ћутао и скривено уживао у њеним покретима, осмесима. Чекао сам тренутак у коме сам желео да питам који је разлог ове посебне светковине.

„Данас ми је рођендан.”

Као да је слутила моју радозналост. Неспретно, збуњено, пружио сам руку честитајући, не схватајући да можда тиме што је изговорила пожелела је пољубац, усамљени пољубац или макар више од пуко испружене руке.

„Викторе, да ли сте ожењени”, као изненадни ударац, дочекао сам питање.

„Не, нисам имао то искуство. Био сам једном надомак и... Није се догодило.”

„Ја сам удата. Не знам да ли сте упознати...”, одједном мењајући израз лица, заустављајући исповест странцу. „Мој муж лежи у душевној болници, већ две године и... Опростите, морала сам ово сручити у тренутку очајања, у имитацији живљења...”

„Жао ми је. Ако Вам је тешко да... И молим Вас, можемо ли коначно прећи на ти, после оволико времена...”

„Наравно", осмехну се, „хвала ти, Викторе, на овом украденом тренутку среће. Не могу ти описати срећу овог тренутка. Улепшао си ми рођендан."

Био сам наслоњен на наслон клупе, у парку наравно. У уточишту сопствених бекстава. На добро познатом месту које никада нисам сусрео. Са десне стране лежала је искрзана торба, препуна изгубљених сећања. Лево од мене, тамна кеса, кроз коју није могао проћи поглед случајних радозналаца.

Дубоко сам уздахнуо, поновио сам то неколико пута спремајући се да уживам у панорами која се назирала кроз мрак. Поглед ми је прескочио високу зграду. Мерећи голим оком највишу у видокругу. Поглед се простирао, а ја сам осећао неподношљиву празнину. Кроз празна сећања ходао сам до најудаљеније тачке.

Нагло, ничим изазвана обузела ме је узнемиреност, грчеви су ме резали, био сам... Упињао сам сву снагу, да побегнем од запамћеног бекства, желео сам да повратим смиреност.

Најглупља мисао, одједном плеше, шта ако, шта ако овога тренутка останем непокретан? Ако нико данима не прође, подигне ме, остави ме као што сам и ја...

Торба ме је немо позивала, упутила ми је прекор због одсутности, тражила је мој поглед. Да угасим заборав у очајању.

Причаћу са њом, замислићу да је жива и остаћу будан, преживећу тешку ноћ која походи. Морам бити будан, памтим испред је важан сусрет, драгоцен сусрет. По сваку цену морам стићи, ма како био у безизлазности.

Будио сам себе у будности, трљао сам снажним покретима лице, покретао сам непостојање.

Мирис промрзлог јутра будио ме. Панорама је скривена у измаглици, не види се. Посматрам призор и није ми чудан. Није ми чудно ни место, ни време ни тренутак у коме сам. Десном руком простирем додир... Сазнање да је ту предмет, враћа ми нарушени мир.

Из магле која нестаје, рађа се јутро, простор облика се буди. Покрети, ужурбани, мимоилазе се на влажној стази. Иза крошњи расте облик сна, све већи је и снажнији...

Под теретом уморне ноћи, спавам у покрету. У мери непостојања, у мери имена кога се не сећам, назирем сусрет. Важан и судбоносан.

„...ти си луддд... блесо једна...”, говори мазним гласом, уживајући у његовим лудоријама, „твоја лудост ме освојила, брзо, изненадно... Срећна сам, слушаш ли ме, слушаш ли шта причам?”

Ћутао је, додиривао њене прсте на нози. Испод ока, упијао је њену радост, љубавни занос. Ћутао је... Испред њега, на пространом кревету, започињала је...

„Срећан си, бар то ми реци или...”

„Јесам”, сасвим кратко, потврдио је стање, врхунац низа догађаја. Посматрао је њене очи, продирао у њих и сетио се, првих дана у мирном граду, изнова започетог живота.

„Не говори, осећам, видим...”, окретала се на стомак, прекидајући плес његових додира. „Ништа ми није важно, веруј ми. Не занима ме ко си, не желим да ми испричаш причу, твоје ране, а видим их, нека остану скривене. Сада постојимо ми, и у оваквој чудној и апсурдној игри, постојимо ми и нека...”

Заћутала је, није желела да сувишне речи наруше склад, мирис кише и вечери. Био је важан тренутак, онај који се догодио, тренутак преласка непостојеће границе...

Дани су живели, брзи и испуњени. Виктор, живео је у пријатности и хармоничном постојању.

У бекствима низ расквашену стазу, често сам мењао правац, заваравајући себе и невидљиве пратиоце. На корак пре него што ћу дотаћи утабану стазу, себи сам изрекао да је направљена, потребна раздаљина, граница повучена између и могао сам наставити успорених корака.

Иза сопственог незадовољства, остављао сам последње трагове „цивилизације". Шетао сам кроз свет дивљих животиња и одбеглих људи. Ништа нисам желео, осим дубоког одсуства од света иза.

У таквој ноћи, сусретао сам разне привиде. Спознавао свет невидљивости и две искре. Нисам их у првом сусрету оставио у памћењу, циљ је било бекство, далеко од ноћи. Али, пратиле су ме, искакале су испред, кружиле око мојих пливајућих мисли... Узмицао сам, у страху да безначајно чудо може бити само опсена.

Умакао сам. Враћам се у заспалу ноћ, кривудам са сенком крај реке која ћути. Мислим о њима, угашене звезде у искрама опсене? Превише трагикомичних мисли у нарушености...

Кроз јутро, иза непрегледног хоризонта, у буђењу из заспале ноћи, у повратку... Начичкани облаци, облици, наличја у покушају светлости. На сваки покушај, да се одрже у поретку и складу, кугле пламене, нарушавају склад, распршују јутарње облаке. Под пламеним језицима, нестају илузије као у врелини пустињске фатаморгане.

Нека сила, немоћна и лажна, збијала их је, извлачила маглу и крхотине спрженог. Преливао се на небу неприродни поредак. У даљини краја погледа, гледао сам гашење облика и претварање у необличје. Голо око није могло назрети, ја сам назирао. Осећао сам мирис спаљеног смрада који се ширио, нестајао остављајући трагове у ноздрвама.

У одлуталим, ненаспаваним мислима претходне ноћи, преплашен и збуњен видео сам да данас је? Нисам успевао да завршим прекинуту мисао. Стегао сам очи под благим сунцем које је горело, под наталоженом прашином са мирисом дивљег ветра, скривао сам се.

Иза празнине, храбрио сам себе у затвореном погледу, мора постојати... Упирао сам из све снаге да довршим тешку и једноставну мисао, заустављену на прагу усана.

Одјекивао је глас. Чуо сам га, будио ме и отварао ми поглед. Рађао се лик, видео сам га... Рађао се почетак. Простор се испуњавао мирисима. Осмех у углу покретао се...

На непрегледном хоризонту, у погледу ока, у мислима које сам свом снагом добацивао до краја бескраја... Гасили су се последњи облици необличја.

Чуо се мир. Из њега рађао се величанствен призор склада. Чула су се будила. У погледу који је додирнуо крај, окретао сам се, покретао ход у правцу границе коју сам невидљиво повукао у ноћи беса.

Корак којим је прешла границу уопштености, правила и норми, завршен је. Не постоји назад. Није то желела да призна, био је лек, лек за све туге и болести, лек за неподношљиву раздирућу стварност.

„Ти си странац, а најближа особа", изненађујућим питањем, сопственом тврдњом, прекинула је успавану шетњу, двоје у покрету.

„Али ја те познајем читав живот, то не наслућујем, то сада сигурно знам?"

Није одговорио, прилично изненађен изреченим, као и изабраним тренутком.

„Желим да никада не одеш. Знам, глупо је и незрело, али... Не смеш отићи!" Скоро заповедно, у изнуђивању одговора, у збуњујућем тренутку. Тражила је одговор, потврдан и јасан, као одговори које она можда никада није изрекла.

Осмехнуо се. „Одговор је да. Теби не могу рећи било шта друго."

Растуженог погледа, на ивици суза, без речи, скривајући неизговорено, желела је да учини... Нешто, до тог тренутка непостојеће, неодиграно, неостварено.

Посебност тренутка, није дозвољавала сувишне речи. Тачка и...

57

Ишчекивао сам је. Договорили смо се претходне вечери, да ћемо се наћи код споменика великог песника. Као и много пута пре, али ово није био обичан сусрет. Осећао сам се нелагодно, збуњено, наслућивао сам и ко зна шта све још. Мисао, можда је то последњи сусрет. Ум и срце говорили су иако нисам прихватао суровост истине.

Портрет наспрам њега, осмехивао се, лажно љубазно. Време које нестаје, краде се, до одласка, заувек и никада више.

Портрет се примиче, препознајем га, као што и мирис препознајем. Додир образом, избегнут пољубац, немаран приступ, и...

„Још мало и путујем.”

„Да. И седимо на месту...”, заустављао сам даљи ток усиљеног разговора.

„Само путујем, а то не значи...”, покушавала је да унесе оптимизам у бесмислени разговор.

„Срећан пут.”

„Размишљала сам о...”, наставила је, „не одлазим ја од тебе. Разумеш шта желим да кажем. Али сам размишљала о...”, никако није успевала да до краја заврши сопствену, замишљену реченицу. Питање које и није било питање или је било ко зна какав бућкуриш смишљен у самообмани.

„Немам шта рећи. Оно што сам у првој ноћи рекао... То је мој одговор и моје питање, које није питање. Све је одлука, твоја одлука и небитно је да ли ћу и шта рећи“, са горчином у изговореном, прекинуо сам пренемагање, замагљивање и пружио јој олакшање одлучивања.

„Зашто ја? Зашто ја треба да одлучим?“

Осећао сам презир у погледу ка њој, презир који нисам могао видети, али сам га тако снажно осећао.

Први пут у њеном погледу, видео сам исконски страх у судару са мојим погледом. Могао сам само замислити сопствени поглед, препун беса и гађења.

Чврсто сам јој стегао руку, као знак... „Желим ти срећан одлазак“, изговорено и ништа више. Сасвим довољно, превише.

„Не желиш да останеш? Ни пољубац за пут?“

Искривљеног погледа, лица које није познавала, испустио сам осмех... Убрзо, нестао сам у ноћи која се спуштала. Нисам се освртао, осећао сам се тешко, било би сувишно поновити било какав патетични израз лица или изговорити сувишну реч.

Ходао сам, већ на крају... улице, скретао сам у следећу, иза није се могло ништа више видети.

58

„Викторе...”, чуо се глас. Нисам се окренуо, јер дошао сам ниоткуда. Тачније вратио сам се после болних и дугих лутања кроз време, простор и сећања. Никакав глас неће успорити моје кораке и мисао.

„Викторе...”, поновио се глас, снажнији, али не прегласан. Ходао сам, посматрао сам видљиво испред и нисам се освртао. У видљивом испред, назирао сам обрисе остављеног, обрисе које сам можда обрисао или срушио? Ходао сам у пратњи тамних облака, мирисао сам и осећао сам да се приближавам. Још само мало или тако мало.

„Викторе...”, сада већ гласно, глас ме је дозивао и заустављао. Ходам, знам куда сам кренуо и најснажнији глас неће ме зауставити. Време је да мноштво пораза, претворим у највреднију победу.

Заобилазим места из сећања, избегавам и најмању могућност да сусретнем урезано у погледу.

Најзад, не чује се глас из скривености, испред гласови, гомила у бесу и страсти која дивља. Ватра, пламени језици мржње дотичу мрак у ваздуху. Много сливених гласова, допиру са различитих места, назирем и скрећем у други правац...

Одјекује, пуцњи, рафали, иза леша чујем их... Довољно сам удаљен, знам где и куда. Храбрим себе у неодустајању.

„Викторе...", плачни глас памћења, моли, прекида ме, цвили...
На све је спреман, сада.

Мржња и страст! Лебде изнад мене, обасјавају ме.

На назначеном месту у дану када је требало да се појавим, појавио се ја. Стајао је мирно док сам га посматрао са пристојне удаљености.

Он је знао где се налази коверат, на њему знаном месту. Тај коверат, преспавао је многе дане и ноћи и сачекао је да онај коме је намењен дође и узме га.

Занимљив ми је био чин. Он ја, подигао је коверат, отворио га и спаковао назад после кратког времена.

Чинило ми се да је обрисао трулеж и прљавштину и тако чист коверат, понео је са собом.

Лаким корацима, удаљавао се он ја, а ја, ја остао сам да још мало погледом упијам простор мистичне скривености.

Подне је, сркутала је кафу, весело ишчекујући његов вечерашњи долазак. Није се обазирала на коверат који је од јутра стајао ту на столу. Била је заборавила на њега.

Најзад, отворила га је, велики папир, пресавијен неколико пута и чинило се ништа посебно.

18. На средини огромног папира, само број...

Ауто је одлазио трошним путем. Иза су остајале последње куће, питомог града. Није скретао поглед у ретровизор.

На седишту поред возача, стајао је раширен папир. На средини папира исписан број... 18...

Немир у рукама није могла да контролише. Сигуран знак сломљености ни од себе није успевала да сакрије. Беспомоћност, напуштеност, препуна горчине зурила је у тачке, повремено хистерично плачући.

Призивала је кроз тишину. Ишчекивала је недолазеће. Непостојање сломило је последње трагове живота. Клонули поглед и тражење ослонца. Макар и видљива опсена.

Између непостојећег почетка и некраја, постојале су илузије, свакодневне, заборављене, створене, невидљиве и јасне. Цела палета боја у лутању кроз ништа од и до тачке, непостојања.

Мучна, поновљена одлука. Изаћи? Кренути? Посматрати и тражити? Изнова скупљати крхотине које је одбацила и сада их жели. У путовању од и између.

Пешчани сат, сувенир изгубљеног, празнио се кроз трепавице, откуцавао је и одјекивао у цурењу. Време прогутано кроз рупе испуцале земље неће се вратити. Прегршт је илузија у ниском лету пред пад.

На све начине, покушавала је да оживи сахрањене сате које је разбацала по сметлиштима. Узалуд је тражила рађање расутог јутра.

Између непочетка и непостојања...

Људи су зли и покварени. Одјекивале су њене тешке залутале мисли. Бумеранг се враћао у распаднуто стање. Осећала је несносан бол у глави, чинило јој се, да ће једноставно да експлодира. Покрети тела, неприродни покрети покушавали су да отерају бол.

Људи су зли, као експлозија понављала се тешка мисао. Ко звер, привидно мирна у тренутку, скочила је, потрчала је. Јуришала је, газила и уништавала све пред собом.

Није се сећала, није памтила тренутак сливања капи, зрна песка, није назирала ниједан постојећи одигран тренутак. Стварни тренутак, који је променио непостојеће и скривено. Није се сећала трајања, облика, невидљивог... Само речи, истргнуте из облика, поновљене речи.

Експлозија! У тренутку, све је било у пламену.

Тишина! Прекривала је летњи мрак. Трајала је у нестајању и изнова створеном постојању. Мењао се облик, мирис, укус... Нестајање, без наде, заувек?

Људи су дивни. Живот је прелеп. Сваки облик и постојање, мириси и укуси, величанствени су. Реченице у ћутању, претварале су лице у разиграни облик.

Догађај који се збио, никада се није одиграо. Све то је било у суманутој трци са болом...

Нежељени догађај није се одиграо, из мрака су се рађале назируће слике облика. Одбачени делови, чинили су целину, сијали су... Повратак у... Одзвањале су речи музике...

Притеран сам у угао и немам куда. Урликнуо бих да одзвања, избацио бих најјачи бес да одјекује. Желим да се под неконтролисаним криком, повија дрвеће, подрхтава земља и тресу се зграде.

Гуши ме избројано време, испред мрак, иза мрак. Са обе стране погледа мрак. Гуши и мучи ме, претвара ме у најбеспомоћније карикатурално обличје. Немам склониште и ако ме превари сан, можда више никада нећу покренути поглед.

Жудим да се не догоди крај, нека ми остане још неколико зрна времена, мрвицама нека утолим глад. Вапим за презреном илузијом, обманом, јер и оне могу бити нада.

Постојим у искривљеном телу које је привид. Није се срозало и постало паралелно обличје пода. Стојим још увек у привиду. И ходам, сањам у таквој покретној самообмани. Понирем и будим се.

Сањам гашење ноћи и сунце које ће разбудити све. Тупост ме обузима и одузима ми сигурне кораке, отима ми наду. Све се чини претешко и немогуће.

Илузијом у затвореном погледу избрисаћу нежељену радњу. Покренућу ум који види и зна више од видљивог чула. Окренућу затворени поглед ка зиду, зазидаћу брањену илузију. Чинићу све бесмислене ствари.

Сумња? Нагон? Невидљива сила, тама радозналости, покушаће да ме претворе у пређашње. Снажно ћу рукама зграбити „чудовиште”.

Не обраћам пажњу на бесмислене речи сумње. Замишљам следећи тренутак и храбрим себе. Спреман сам за немогућу борбу.

Лажи, игре и бескрајне празне жеље. Чујем глас који тумачи моје збркане мисли. Нису ми бесмислене. Шаљем изазов, покрећем празнину, исписујем поруке. Желим да успем, а нисам. Повлачим се пред туђим ишчекивањем...

Одјекивало је мноштво гласова. Провлачили су се кроз зидове, прозоре, нарушавали су тишину. Напрсло огледало у ходнику, испуштало је преломљени одсјај.

Решио сам да се ишуњам из... Прошетаћу, удахнућу оштар ваздух. Преко потребна ми је свежина, макар суморно видљива.

Изоштреног чула, ослушкивао сам кораке, које нисам желео срести. У погледу који је следио иза ослушкивања, нису се приказивале појаве. Опуштено тело, са лакоћом коју сам носио, бежећи из грча. Осећао сам украдену слободу у горућем лудилу.

У скривеном уточишту, пожелео сам да дотакнем сваки видљиви знак постојања. Нека су и промењени облици, облици су сећајућег постојања.

Израз победе, са укусом на уснама. Потврда да нисам поражен. Сведок сам постојања, а сведочанство нико не може избрисати.

Упијам мирис гашења, сећам се. Видим постојање места у сећању, посматрам.

Дрво је у нестајању, нежни додир погледа му шаљем.

Широка је месечева улица. Дуга је, тешко је препешачити је у једном корачању. Путовања се никада не заврше.

Изнова и изнова, кроз густину најезде празнине крећем се. Одлазио сам и заувек се враћао, никада нисам прекорачио невидљивост. Тачку која раздваја је.

Кроз свако враћање, на тренутак, у покиданом и испуцалом низу мисли, губио бих се. Увек, покрети и кораци у њима одлазили су у нежељеном смеру. Вукли су на границу прозирног мрака.

Заостајао сам у намери да довршим ход мере. Долазио сам до краја али никада тај једини корак нисам завршио. Видео сам, замишљао бездан иза, постојање превеликог и невидљивог, иза је страх од сопственог непознавања.

У давним сећањима, поверовао сам, убедио себе да познајем улицу. Да ништа непознато не постоји. Ипак, мисли би се угасиле, под теретом сумње, тада бих се враћао на почетак. Изнова у нови плес хода и ход трагања.

Најпризорнија је у доба киша. У одсјају бакарног лишћа које се лепи за обућу. Ту слику, понео сам у бекству. Заувек, рекао сам.

Вратио сам се, после лутања по пространству ничега. Уморан и невидљив. Ништа ми није било познато. Али у срцу знао сам, под ходом знао сам, да то је она.

Широка је та мала улица. Пружа се у бескрај.

Сенка, корача у избројаном времену, паралелно, идентично.

Посматрала је покретни филм, на небеском платну. Он је спавао. Заувек је заспао. Осмех украден, осмех истинског спокоја. Прекривен угашеним звездама, успаван месечином. Изнад у спокоју, светле тачке које се претварају у слике. Јасни и недвосмислени знаци.

Слутила је да је последње путовање започело тескобном стегом врелине у грудима. Оловним речима и бекствима по заробљеном постојању. Можда је са муком покретао себе, замишљала је. Тескобна туга сустизала је његове напоре нестајања.

Ни преласци у невидљивост нису били од помоћи. Уверена је да је сваки, пређашњи покрет унапред био осуђен на пораз и пад.

Назирала је слику у покрету, слике задиханог терета, оловног покрета. У покрету видела је освајање привида.

Простор слободе и илузија на дохват руке, у парадоксу.

Није се освртао, превелики страх од илузије из чијих стега се истргао, страх окамењеног погледа.

Сетила се, да је носио трошну торбу, препуну спакованих неуспеха. Само он то уме, потврђивала је себи.

Он се скривао испод столетних стабала, изговарао је речи лажне наде у својој снажној немости. Подизао је лице ка сунцу у жељи да испари све нежељено.

Заспао је. Заувек, на крају свега стигао је спокој.

Зашто?

Сливало се зашто, са мокре косе, док је скидала поквашену јакну, враћајући се из још једне бесмислене шетње, свог лутања.

Зашто? Започињало је сваки пут питање које траје предуго. Зашто које има наставак. Понекад, питала би се да ли има одговор или су сви одговори, које је изговарала били привидно тачни, непотпуни и недовршени.

Зашто, избијало је из мехурића вреле воде док је спремала последњу кафу у дану који се завршава. Поновљена радња, у поновљено исто време, сваког дана који траје.

Зашто? Први пут рођено у погледу на сат, који је показивао да кашњење је предуго и тражи озбиљан одговор.

Сећа се израза збуњености, ненавикнута да он касни, осећала се збуњена, преплашена. На такву помисао уследила би забринутост... Никакве вести, гласови о несрећном догађају нису дошли и...

Бес је био израз следећих дана, бес који је киптао, бивао снажнији. Иза бесног зашто, следили су читави низови речи, које се спремала да изговори.

Ништа се није дешавало иза зашто, већ је иза првог зашто, збуњеног и уплашеног остало и превише времена, за одговор на питање.

Зашто у гашењу пролећа, за њу је било зашто очајања, угашена забринутост, избрисан бес, само је постојало очајно зашто, које се понављало.

Никакав одговор није имала, ишчезли су сви могући, ретки, тачни одговори и она је постала зашто! Зашто као почетак питања и слика залеђеног погледа у сат који се зауставио.

Осећа вечерас снажно зашто, то и такво зашто, вечерас је сасвим другачије. Можда то и такво стање изазива киша, небо слепљено са градом или...

Сећање? Призори посебно упечатљивог виђења, данас, у касном подневу. Данас, несвесно, пробудила је зашто, скоро заборављено зашто у сударима са призорима урезаног.

Иза зашто, није остао ниједан траг, ни најмањи знак. Вешто уклоњено постојање, које се не може никоме објаснити да је постојало.

Зашто? Слива се низ голо тело испод туша. Стеже сваки део, иза зашто, откида комаде додирнутог. Кида сећање на сваки додир.

Ћути, залеђено посматра кроз воду, тражи у погледу који се пробија. Стеже. Чврсто стеже, до неподношљивог бола... Заборављени тренутак, угашен иза зашто, у једној ноћи беса и гордости. Заувек одстрањен.

Зашто? Назире могући одговор и нестајање које је ишчекивала. Пробудила се из будности, пробудила се из нежељено заборављеног. Иза зашто, слива се могуће.

Назире, скривени поглед који у ретровизору избегава поглед уназад. Тог јутра када је оставио све, чуло се само како птице певају... Зашто? Одзвањао је почетак питања, није постојао наставак питања, иза зашто, коначно све је било.

Одлазио сам. Спремао сам се за коначни одлазак заувек. Све то у горућој жељи, зацементирано је у жељи, док сам стајао укопан у рупи смрзнуте земље.

Посматрао сам је. Увек посебна, дама која не губи лепоту ни у надирућем рушењу. Улица. Посебна и непоновљива, једна и јединствена. Морам да прегазим стазу, од тачке до... Једноставно, јаче је од свих мојих жеља за бекством.

Глас, лик, испред мене.

Говори ми, неразумљиво. Чујем речи, заваравање, непостојећи... Облик говори, буди ме из...

Викторе, као да одзвања, смирен, отрежњујући глас. Ћутим, као и увек што заћутим, када бих бујицом речи требало да се браним од сваког насртаја.

Глас може бити, хучање ветра кроз оголеле крошње, демонска превара, глас сирене која пева успављујући?

„Убедио си друге, да те нема и да си негде далеко отишао. Успео си у обмани, чак и ретки, сећају се назирућег лика, можда са сумњом потврдиће да те није било, да си нестао или ко зна шта све. Ниси себе. Све у шта себе ниси успео да убедиш, све је плод подвојене маште, њом скриваш... Викторе, погледај око себе.”

Глас је, држећи довољну удаљеност ходао иза мене. Звук нежеље, пара ми уши, уноси ми немир. На моје убрзане кораке, сенка похита, сустигне ме. Плеше око мене у некој чудној игри, призивању нечега.

Уз напор дошао сам до првог степеника, све је одједном нестало, прекорачио сам. Много пута учињени корак, сада је био корак, одлучујући, коначни, онај којим се пређе из у...

Седео сам на смрзнутом степенику, поигравао се цигаретом, размишљао да ли да је запалим или да наставим са игром...

Кроз бистре изгубљене мисли, назирао се неосветљени дан. Наредни дан. Помисао на сутра која се јавља, тера ме да испустим мисао-жељу...

Поштовани читаоци,

Уместо исписивања непотребних и неважних биографских података, овом приликом ћу вам се још једном захвалити што пратите мој рад.

Заједно смо дошли до циља, објављивања романа *Месечева улица*. Како заједно? Увек понављам, свако од вас невидљиво или видљиво помаже ми на овом тешком, али узбудљивом књижевном путовању. Заједничким снагама, вашом подршком, мојим радом остварили смо још један циљ. Желим вам пријатну шетњу овом имагинарном, можда стварном улицом.

ОД СРЦА ХВАЛА!

Ваш Владимир

Писац Владимир Радовановић претходном својом књигом *Еуфорија и пад кишних капи* иницирао је замишљени простор булевара, еуфорију и кишу као доминантан симбол сете и бесмисла. Овога пута, његов роман у фрагментима, носи назив *Месечева улица* и изнова одређује један простор („улицу") нечим што ће у метафоричком смислу постати мистични знак близак трагању за смислом и одгонетању бесмисла кроз сомнабулна стања наратора који „ћути и покушава да сања" корачајући улицом у коју се вратио и чије обрисе покушава да препозна. Ту, у тој улици догодиће се судар „вечног" и „непостојећег себе" у том вечном: „Не подижем поглед, плашим се и прижељкујем истовремено. Страх ме од судара вечног и себе непостојећег. Ломим прсте у нервозној беспомоћности и страсно жудим."

Стање беспомоћности и страха пратиће главног јунака ове књиге у свету изокренутог стања ствари: „Једна мисао ми не да мира, распада ми се поглед, видим их, звезде нису високо изнад, оне су закопане, испод мог погледа, прекривене земљом..." Оваквим изузетним, поетским, кратким и ефектним реченицама, Радовановић уводи читаоце у своју *Месечеву улицу* у којој ће ток свести и медитативна проза заузети место наративу, који ће пак, стога као појава и пропламсај у књизи бити онај део острва-реалности на којем ће читалац још рађе застати.

Свака улица има свој почетак и свој крај. У овој књизи она постаје метафора једног одређеног дела живота књижевног јунака Виктора. Између почетка и краја, између те две тачке, оно *између*, по наратору у првом лицу, препуно је „свега, празних дана, туге, блеска који измами осмех, људи у покрету поред, људи који нестају, оставе тугу и сећања, оно између што нико није назвао именом, или је свако рекао име које би испарило на врелини сунца, нестало у сливању капи. То између, једном почиње, у једном предуго скупљаном тренутку када постаје живо, стварно, невидљиво, али гони." Гони човека да поново, изнова, корачајући кроз живот препешачи самог себе и поново, изнова, доживи тај тренутак који се вечно понавља. Излазак из тог тренутка, долази са неким новим тренутком, доживљајем, осећајем и сусретом, али то не значи да је претходно избрисано и да се поново, макар сећањем, не може загазити у њега. Отуда именица „улица" добија нова значења: „Мноштво пута сам препешачио улицу. Од степеника бедема скривености до улаза и назад и поново. И тако више пута и тако ко зна колико пута, да се није догодио други тренутак између. Окренуо сам се, погледао сам у правцу и изручио сам бес, изрекао сам сурово обећање да је то последњи пут и никада више."

Тренутак између је стални покретач приче која се из потпуног стања депресије тек понекад рељефно уздигне до „догађаја" од којих је најлепши сусрет са женом на станици оличен у једној изузетној реченици у овој књизи: „Како живот може да уреди сусрет, да створи догађај из дубоке празнине." Дубока празнина која се лингвистички прелама у *Месечевој улици* стање је које не напушта ни читаоца док корача кроз књигу. Но живот, насупрот мисли о смрти која је доминантнија, покушава да ишчупа и наратора и читаоца из дубоке празнине. Стиче се утисак да када би се Радовановић, користећи одличан и особени поетски кључ којим исписује своја дела, окренуо и градњи наратива каквих је тек неколико у овој књизи, направио би преседан у свом опусу и поетици.

Месечева улица је одређена као „Роман у фрагментима", на читаоцима је да повезују ове фрагменте, који могу, а не морају да буду исписани истим редом, о чему и аутор сведочи да су поглавља ове књиге првобитно настала као приче, а потом добила своје место у роману. Ово је кратак роман чији стил и дубина значења, која долазе са акцентом на бесмислу, празнини, киши, јесени, сивилу, сенкама, недостатку обриса и облика, постају контраст структури и траже већу, дужу и значајнију пажњу читалаца. И сама структура романа комплементарна је Викторовим речима: „Ћутим, као и увек што заћутим, када бих бујицом речи требало да се браним од сваког насртаја.“ Као да цео роман ишчитавамо из његове ћутње, из тока свести где поставка ствари функционише много другачије него у стварном свету где та иста свест има своју реализацију.

Прва реченица у првом поглављу романа гласи: „Вратио сам се!“ Прва реченица у последњем поглављу романа гласи: „Одлазио сам. Спремао сам се за коначни одлазак заувек.“ Између ова два глагола, између вратити се и одлазити, стала је *Месечева улица* као игра „подвојене маште“ главног јунака, као прелаз из свести у подсвест или из унутрашњег бића у спољашњи свет. На читаоцима је да посвећено закораче у ову необичну улицу и реше ову загонетку коју је писац Радовановић поставио пред њих.

Ово је роман који прати сасвим другачију поетско-прозну линију у нашој књижевности, може бити одређен као роман тока свести, нема одређено време нити место (улица је више метафора, него одређени простор) и иницира многа питања кретања кроз „нечију душу“. Уколико језик, речи и речник схватимо као одраз људских бића у стварности, онда на основу кратких реплика главног јунака-наратора, можемо бити сигурни да овај роман очитава унутрашњу егзистенцијалну драму и покушава да је разреши. Макар једним необичним тиком, паљењем цигарете на крају књиге.

Владимир Радовановић створио је посебан књижевни свет и (анти)јунака Виктора који нас након *булевара бесмисла* води *Месечевом улицом*. Овај роман заслужује читалачку пажњу како својим естетским, тако и другим квалитетима као што су стил, поетски израз, ефектне реченице, као и сазнајни и метафизички ниво дела који сами по себи носе одређене поруке. Сасвим смо сигурни да у опусу Владимира Радовановића он постаје она тачка до које писац долази и прави заокрет у свом стварању. Ако је књига *Еуфорија и пад кишних капи* била увертира, онда је *Месечева улица* кулминација Радовановићевог књижевног стваралаштва. Остаје нам да читањем кренемо овом улицом и одгонетнемо живот и смрт између смисла и бесмисла, између корака и трагова, између облика и обриса, између улице и станице — до неких нових књижевних булевара и улица на којима, и у којима ћемо сусрести писца Радовановића и његово дело.

Милица Миленковић

МЕТАФИЗИЧКА ПОТРАГА ЗА ИЗГУБЉЕНИМ ИДЕНТИТЕТОМ

Овде је живот наратора Виктора дат у виду „разлупаног огледала времена”. Он своје бивствовање доживљава више као гротеску него као богомдану датост. За аутора овога лиричног дела са опорим укусом постојања, појам улица има егзистенцијални топос. Она није само просторна одредница, већ поприма психолошку димензију! Улица овде представља променаду којом дефилују сени наших илузија заогрнуте белим плахтама, душе грешних протераних из доњег света. Поетика дела обилује непрекидним и неочекиваним заокретима. Тако је наратор у исто време и покретач неких нових спасоносних идеја и парализатор истих на њиховом путу остварења. Наратор каже:

„Нисам веровао у вредност и значај остављених белешки које сам разбацао на разним улицама, као путоказе. Иза умазаног прозорског окна одвијала се борба бесмисла и изнуђености. Једини актер, ја сам. Само ја и повремено изабрани појам, не лице!”

Да ли је Виктор Владимира Радовановића исто што и лабуд у истоименој песми Шарла Бодлера? Бодлерова птица, пометена и изгубљена у кошмарним условима живљења уместо у бистрој води, купа се у прашини. Тако и Радовановићев литерарни јунак (његов alter ego) осећајући се као изгнаник из сопственог света не успева да се снађе у изнуђеној стварности. Он у свом перцептивном пољу запажа само ретуширане обрисе људи и догађаја. А он, у потрази за сопственим идентитетом стиже на омиљена места свога негдашњег боравка и, разочаран, увиђа да се ту неко њему непознат већ настанио. Притиснут сумњом у могућност избављења, он запада у стање опште конфузије.

„Несигуран, конфузан, полазио сам и враћао се. Неколико корака напред, застао бих, окренуо се и вратио бих се. Сумња, колебање, нежеља, шта све, али, довукао сам се до раскршћа улице.”

А време је овде латентна супротност од онога што поетски субјекат има у свом преживљеном искуству. Сенке Танатоса непрестано дефилују овим страницама. Тако да његов брат Ерос (неки тврде да су њих двојица браћа близанци?) узмиче пред каиновски расположеним братом убицом.

Викторово стање духа је лимбично стање. То је узалудна потрага за местом спасења и то преко „ведута љубави”. Да ли је управо жена та последња сламка за коју се дављеник хвата? И поетски субјекат каже:

„Ходали смо једно поред другог, ћутећи, наравно. Ћутање је било право, или друго име за нашу бесмисленост, нашу лаж, претворност. Можда је желела да заустави неку нову празну реченицу, али поштедела ме је даљег бесмисла.”

Да ли је човек жртва свога вечног сна о лепоти? Може ли он, наднет над невидљивим понором своје душе, да ваљано перцепира злехуду стварност? Или је осуђен да на самој ивици тог вулканског гротла непрестано изводи сулуду игру, свој „dance macabre”, све до самоуништења. И да живи у халуцинантном стању духа. Као из ових редова:

„Учинило ми се да неко, непрепознатљив, осликава се у мраку. Плеше по зидовима и непозван долази ми у посету. Варка је и овај ход и испуњавање простора.”

Зашто је Велики илуминатор небеса затамнио сунце наше младости када смо живот другачије замишљали? Докле ћемо трчати почасни круг после изгубљене трке са Фатумом? Може ли се четвороножац својом сопственом снагом искобељати из амбиса у који је, не својом вољом, гурнут?

„Падам, врти ми се у глави, изгубио сам снагу и контролу. Плачем, истегнутих руку и ногу покривам простор, издужујем се и ширим да захватим што више.”

А за све то време тај злогласни паук, црна удовица, упорно плете своју мрежу око њега. Око уморног и немоћног ахасфера преко пустопољина живота. А сад следује питање да ли би обоготворење човека спасило, или би га гурнуло у коначни суноврат? Али, ако су људи бога већ детронизирали, ко ће им онда пружити руку спасења? Ко ће председавати судским већем када будемо изашли пред божји суд?

Радовановићев роман првенац *Месечева улица* аутора представља као писца који уме да из сопствене перспективе, из „искошеног угла” сагледа сопствено окружење, бременито противречностима, препуно хепенинга по принципу оксиморона. Тако је curriculum vitae његовог наратора саздан у дисконтинуитету, у фрагментима. Са његовог „перона наде” ипак нису отишли сви возови. Да ли за њега има још наде? И она, та фатална жена, каже му:

„Викторе, остало је још око сат времена до наших полазака. Свако на своју страну, у своје уточиште.”

А у које то уточиште он треба да крене? Постоји ли за њега неки његов „топли дом”? Постоји ли сигурно станиште за људе таквога кова?

Овим делом, написаним у маниру „постмодерног реализма” Владимир Радовановић се најавио као ново лице на српској књижевној сцени. Пожелимо му да успе на том трновитом путу у ова опака времена.

Мића Миловановић

Владимир Радовановић
МЕСЕЧЕВА УЛИЦА

Лондон, 2023

Издавач
Globland Books
27 Old Gloucester Street
London, WC1N 3AX
United Kingdom
www.globlandbooks.com
info@globlandbooks.com

Рецензенти
Милица Миленковић
Мића Миловановић

Лектор
Милица Миленковић

Насловна фотографија
Frederico Almeida
(https://unsplash.com/photos/80-IGI1mr24)